KB096107

네, 저 예민한

남자입니다

네, 저 예민한 남자입니다

초판 1쇄 인쇄일 2020년 4월 14일 | **초판 1쇄 발행일** 2020년 4월 24일
지은이 박오하 | **펴낸이** 김석원 | **펴낸곳** 도서출판 밝은세상
출판등록 1990. 10. 5 (제 10 – 427호) | **주소** (10881) 경기도 파주시 문발로 119, 202호
전화 031-955-8101 | **팩 스** 031-955-8110 | **메일** wsesang@hanmail.net
블로그 blog.naver.com/balgunsesang8101 | **인스타그램** www.instagram.com/wsesang
ISBN 978-89-8437-399-0 03810 | **값** 15,000원

네, 저 예민한 남자입니다

박요한 지음

차례

1
한국에서 예민한 남자로 산다는 것

2
예민 나라를 보았니
꿈과 희망이 가득한

난 네가 그렇게 예민한
사람인 줄 몰랐어

1.

응? 몰랐다고? (동공 확장) 난 네가 다 알면서 그러는 줄 알았는데. (끔벅끔벅)

2.

아, 네가 예민하지 않아서 그래. (온화한 눈빛) 그런 네가 난 가끔 부러워. (지그시 바라보며) 그냥 우린 서로 다른 거지 누가 잘못하거나 그런 건 없어. 마음 쓰지 마.

3.

뭐, 그럴 수도 있지 뭘. (속사포로 말을 돌리며) 근데 방금 우리 무슨 얘기했더라? 나 치매 있나 봐. 요새 맨날 이런다.

4.

아하하하……. 내가? (어색한 웃음) 야, 나 안 예민해. 어디가 예민하다는 거야? 한번 들어보자.

5.

이제 알았구나. 알았으면 됐어. (쌩)

—

몇 번일까요? 속으로는 1번, 겉으로는 2번?

1

한국에서 예민한 남자로 산다는 것

미술관

가는 남자

"와이프랑은 뭐 하면서 시간 보내?"

종종 물어오는 사람들이 있다. 순간 와이프라는 단어가 살짝 거슬린다. 그보다 아내라는 말을 좋아해서다. 그래도 우선 대답을 해야 하니 고개를 갸우뚱 기울이고 잠시 생각에 잠긴다. 우리도 뭐 특별한 건 없는데? 싶다가도 한마디 꺼내본다.

"저희는 미술관에 좀 자주 가는 편이에요."

"뭐, 네가?"

느닷없이 그게 무슨 말이냐는 듯.

"네, 제가 그림 보는 걸 좋아해서요"

몇몇 사람들은 기절초풍 일보 직전이다. 응? 왜 그러지?

그림을 보러 다니는 일은 나의 오랜 습관이다. 미술을 전공하는 여자 친구와 사귀었던 것이 계기였다. (그 친구가 지금의 아내는 아니지만⋯⋯.) 그 후로 미술관을 찾아다니는 건 마치 이따금 영화를 보는 것처럼 자연스러운 일이 되었다.

"안 어울리게 왜 그래? 우리 그런 사람들 아니잖아?"

상대는 나를 닦달한다.

"너나 나나 남다를 것 없는 남자잖아. 고만고만한 남자 인생이면 다 비슷해야 하는 것 아니야?"

보채기도 한다. 고상한 척 그만하고 축구나 한 게임한 뒤에 술이나 마시자고. 드물게는 지나치게 빈정거리는 사람도 있다.

"남사스럽게 계집애처럼 그럴 거야?"

그럴 때 나는 조용히 미술관으로 향한다.

그림은 말이 없다. 가타부타 치근덕대지도 않는다. 과묵하니 더 정이 간다.

*

나는 유별날 것 없는 평범한 남자다. 하지만 형용사 하나를 더해 볼 수도 있다. 바로 '예민한'.

여기서 예민함이란 남의 눈에는 별종이란 뜻이고, 내 생각에는 상당히 감상적이란 의미이다.

주변을 아무리 둘러보아도 미술관을 즐겨 찾는다는 남자들은 찾기 힘들다. 단순히 내가 남중·남고·법대를 나와서일까? 남자는 게임을 한다든지 자동차나 전자기기를 좋아한다든지 축구·농구·야구 같은 스포츠를 즐기는 게 정상이라 여겨진다. 하지만 나는 고등학생 때 이후 게임을 가까이 한 적 없고 최신 전자기기에도 흥미가 전연 없다.

나는 오히려 남자답다는 말이 달갑지 않다. 영 구미가 당기지 않는다.

'남자답다'는 건 섬세하지 못하다는 얘기 같고 타인의 이야기에 깊게 공감할 줄 모른다는 것처럼 들려서다. 왠지 그 말에는 공격성과 폭력성의 기운이 느껴진다. 일방적이고 강압적이라는 인상도 지울 수 없다. 늘 자신감에 차있는 거만한 표정도 연상된다.

그리고 지금껏 지켜본 바에 따르면, 남성호르몬이 과다 분비되어 야망에 부푼 사람들은 웬만해서는 남의 말에 귀 기울이지 않는다. 어느 대화에나 끼어들려 하고 툭 하면 남의 말을 끊고 자기 얘기만 주구장창 늘어놓는다. 그런 남자다움이라면 한사코 거절하고 싶다.

나는 그보다는 다른 걸 택하고 싶다. 이를테면 세심하게 모든 걸 관찰하고 작은 것 하나하나에 집중하는 그런 예민함.

*

미술관에서도 남자다움은 눈에 띈다. 거침없고 호탕하다. 관람에 아주 방해가 된다. 지나쳐 가길 기다리는 수밖에 없다. 잠자코 기다리다 보면 조심조심 걸음을 옮기고, 다소곳하게 서서 한 작품씩 응시하는 세심한 이들이 드러난다. 그럴 때면 자코메티의 말이 떠오른다.

젊은 시절 나는 루브르 박물관의 명화들을 보며 감동을 받은 채 멍하니 서있었다. 하지만 만일 지금 내가 루브르에 다시 가게 된다면, 나는 그림들 대신 그림을 보고 있는 사람들의 시선만을 볼 것이다. 그 시선이야말로 살아있는 생명이 깃들어 있는 실존이기 때문이다.

나 역시 자코메티 조각전을 고요히 감상하고 있는 사람들의 시선에서 알 수 없는 위로와 감동을 받은 적이 있다. 왜 생전 처음 보는 사람들의 눈빛과 몸짓에서 위안을 받은 걸까. 이유는 여전히 모르겠다.

다만 아주 가끔은 그들 곁으로 다가가 넌지시 손을 내밀고, 함께 고개 숙이고, 인간에 관하여 고민하고 싶어진다. 행여나 그 사람이 남자라면, 여기 풀 같은 두 남자가 가만히 앉아 골똘히 생각에 잠겨있다고, 요상한 팻말 하나도 걸어두고 싶다. 인체에 무해하나 먹지는 마십시오, 라고.

갑시다,

병원

드라마 〈미스터 선샤인〉에는 이런 대사가 나왔다.
"합시다, 러브."

나는 이렇게 말하고 싶다. "갑시다, 병원."

*

그날, 어머니의 몸 상태가 심상치 않았다. 열이 펄펄
끓었고 몸을 가누기도 힘들어하셨다.

"괜찮다. 그냥 몸살이야. 요즘 누가 감기 걸렸다고 약을 먹니?"

어머니 말마따나 감기는 약 먹으면 일주일, 약 안 먹으면 7일 가는 병일까? 이런 일들은 꼭 금요일 저녁 즈음 시작되어 사람 애간장을 태운다. 어머니는 코를 훌쩍이시더니 이내 목이 칼칼하다며 마른기침을 뱉어내셨다. 토요일 오전, 어머니가 앓아누우셨다. 주말마다 '전라도와 경상도를 가로지르는' 테마 여행을 떠나시는 분이 해가 중천에 떴는데도 침대 신세였다. 몇 번이고 병원에 가자 권했지만 어머니의 대답은 한결같았다.

"아유. 괜찮다니께. 주말에 푹 쉬어보고. 월요일 아침에도 정 아프다 싶으면 그때 갈게. 주말엔 병원도 안 하잖아."

그만한 핑곗거리가 없다. 어머니는 주말을 강조하셨다. 적어도 이틀은 벌었다고 여기시는 걸까. 병원비 안 나가서 잘됐다고 여기시려나? 그러다 토요일 밤에 야단이 났다.

"아이고 죽겠다. 아이고 죽겠어."

오한이 들어 몸을 부르르 떠셨다. 어머니를 업고 응

급실로 달렸다.

병명은 급성 신우신염. 조금만 늦었어도 패혈증으로 번질 수 있었다고 했다. 가슴이 철렁 내려앉았다. 의사가 다그쳐 왔다.

"왜 이제 오셨어요? 아니. 이제라도 오셔서 정말 다행이에요, 어머님. 다음부터는 아드님 말씀 꼭 들으세요. 아셨죠? 제때 오셔야지만 손쓸 수 있어요. 패혈증이라고 있는데요. 감기랑 증상이 별반 다르지 않아요. 그냥 봐서는 구분도 못 하고요. 골든타임 놓치면 패혈증 치사율이 꽤 높아요. 정말 명심하셔야 해요."

*

아는 친구 중 한 명은 첫 월급을 받자마자 우리나라에서 제일 비싸다는 최첨단 정밀 종합검진을 받았다. 진-짜 비싼. 주변 시선이 그다지 곱지 않았다고 한다. 서른도 되지 않았는데 유난이라고. 하지만 친구는 지금껏 고생해 왔는데 이제 와서 죽을 병 걸리면 말짱 도루

묵이라며 굴하지 않았다. 멋진 친구다.

건강을 지나치게 걱정하는 이들도 분명 있다. 건강
염려증이라는 말을 듣거나, 호들갑 떤다고 놀림을 받기
도 한다. 하지만 환갑을 넘긴 부모님의 건강을 각별히
신경 쓰는 건 결코 과잉보호가 아니다. 단순 감기가 급
성 장염이 되기도 하고, 소리 소문 없이 어딘가에 머리
를 부딪친 일이 뇌출혈과 중풍으로 이어진다.

우리 부모님 세대는 무엇이든 속으로 끙끙 삭이며
살아왔기에 전 국민 공통 실비보험을 들어두고도 병원
에 가는 것을 극도로 꺼린다. 위·장 내시경 한번 받아보
라는 주변의 권유에도 나는 건강하다고, 그런 건 돈 낭
비라고 마다하신다. 그러다 갑자기 위암 말기 판정을 받
은 분들을 심심찮게 목격해 왔다. 슬펐다.

가족 중 누군가 아플 때, 무던하고 느릿느릿한 사람
들은 아무런 도움이 안 된다. 그들은 입버릇처럼 말한
다. 한숨 푹 자고 나면 낫는다고. 뭐라-고라-고라? 지
금은 2020년입니다. 현대의학의 도움을 받읍시다! 몸이

보내는 신호에 예민하지 못하면 돌이킬 수 없는 일이 벌어지고 만다구요.

엄격하고 근엄하고 진지하게. "갑시다, 병원. 나랑 같이. 롸잇 나우!" 거절은 거절할게요.

졌다

"꽃집을 해서 좋은 점이 뭐냐면요. 사람들이 기쁘고 행복해하는 순간을 더 근사하게 만들어 줄 수 있다는 거예요."

꽃집 주인의 한마디에 마음이 철렁 내려앉았다. 졌다. 부러우면 지는 건데…….

법을 다뤄서 좋은 점이 뭐냐면요. 사람의 끝을 볼 수 있다는 거예요. 볼 장 다 봤다는 말 아시죠? 더는 말하지 않을게요.

*

주기적으로 꽃을 사러 간다. 유리 화병에 꽂아 식탁에 올려둔다. 햇살 좋은 주말에는 화분도 가꾼다. 물을 흠뻑 주고 이파리를 쓰다듬으며 그 곁에 앉아본다. 함께 잠시 햇볕을 쬔다. 식물은 말이 없다. 나도 말이 없다. 우리는 그저 잔잔하다.

화분 곁에 앉아 *되고 싶지 않은* 모습에 대해 생각한다. 분노조절장애, 조급증, 의처증, 사람에 대한 집착 등 여러 모습이 떠오른다. 그런 나라면 견딜 수 없을 것 같다.

꽃은 화를 내지 않는다. 재촉하지도 않는다. 의심하는 일은 더더욱 없다. 때가 되면 사뿐히 꽃잎을 떨굴 뿐이다. 그에 비하면 나는 참 볼품없다. 내 머릿속은 늘 물음표로 가득하다. 저 사람은 왜 저렇게 시끄럽지? 담배 냄새는 어디서 나는 거야 도대체? 그뿐만이 아니다. 일순간 돌변해 신경을 곤두세우는 건 또 어디 한두 번인가. 창문은 자꾸 누가 열어놓는 거야? 아니, 왜 깜빡이도 안 켜고 들어와?

　나조차도 나를 이해하기 힘들 때가 있다. 왜 그랬지? 그렇게까지 할 필요는 없었잖아? 정말 구제불능이야…….

　유난히 부끄럽고 내 자신이 미워지는 날에는 일기장을 펼치고 책상 앞에 앉는다. 반성할 거리가 한 장 가득 쏟아져 나온다. 나는 왜 이럴까. 그러지 말자고 그렇게나 다짐했는데……. 왜 생각대로 되지 않는 걸까? 하얀 종이 위로 검은 글씨들이 물 흐르듯 표류한다. 나의 일기장은 반성문의 다른 이름이다. 다른 사람들도 나처럼 스스로가 못 미더울까?

　꽃을 볼 때마다 사람은 왜 꽃과 같을 수 없을까 고민한다. 나를 가만히 들여다보고 있으면 사람이 꽃보다 아름답다는 노랫말에 고개를 절레절레 흔들게 된다. 어딜 봐서 내가 꽃보다 낫다는 건지…… 도무지 알 수 없다.

깔끔 떨고

자빠진 날

집안일은 내가 거의 맡아 한다. 아내는 느긋한 성격이라 한 템포씩 쉼표가 있는데, 그 틈을 타 내가 먼저 움직이기 때문이다.

이 얘길 들은 유부남들은 호구가 여기 있었네? 하며 아주 즐거워한다. 하여튼 인간이란 그런 존재다. 해서 생각해 보았다. 나는 진정 제대로 호구 잡힌 걸까.

아내는 회사에서 바지런히 일하고 집에 돌아와 휴식

을 탐한다. 사무실에서 눈 빠지고 어깨 뭉쳐가며 일하다
왔으니 쉬고 싶은 게 당연하다. 만사 다 귀찮아 씻지도
않은 채 잠들려 할 때도 있다. 응? 화장도 안 지우고 발
도 안 씻겠다고? 나는 토끼 눈으로 놀란다. 놀라다 그만
어깨가 결린다. 정녕 이 사람이 제가 사랑하는 그 사람
맞습니까.

맞다. 그 사람이다. 그이에겐 설거지, 청소, 요리, 분
리수거와 음식물쓰레기 처리 모두 다 남의 일이다. 그
러니까 여기서 남이란 남편인 나를 말한다. 아무렴. 두
사람이 함께 지내는 공간이 깨끗한 것은 분명 누군가가
발발거리고 있다는 얘기다. 우리 부부의 경우 내가 곱절
은 발발댄다. 아내의 속을 들여다보니 그곳엔 '하고 싶
을 때 해야지'라는 마음이 자리하고 있었다. 그 마음을
지켜주는 게, 아내를 위하는 일이라는 생각이 들었다.

적어도 나는 그 일들을 싫어하지 않는다. 왜냐, 그
혜택을 내가 누릴 수 있기 때문이다. 설거지를 하고 나
면 말끔한 싱크대가 나를 반기고, 청소를 하고 나면 깨

끗한 마룻바닥이 나에게 고맙다는 듯 환한 얼굴을 해 보이고, 요리를 하면 그 맛있는 음식들이 앞다투어 내 안으로 들어오고 싶어 난리다. 다 나를 위한 일이다. 나를 위한 게 아내를 위한 일이 되기도 한다. 그러니 일의 효용이 아주 높다. 화장실 배수구를 열어젖힐 때면 오만 상을 찌푸리게 되지만 뭐 어떤가. 조금만 참으면 물이 콸콸, 쑥쑥 잘 내려갈 텐데.

집안일은 곧바로 성취감을 느낄 수 있어서 좋다. 결과가 한눈에 드러난다. 오늘도 해냈다, 하며 식탁에 주저앉는다. 운동을 한 것도 아니건만 어느새 진이 빠진다. 가끔은 당황스럽지만 그래도 허탈하진 않다. 아내의 마음을 지켜줬으니 얼마간의 보람도 있다.

*

나는 같이 있기 불편한 사람들 틈에 끼어있는 걸 싫어한다. 거짓말을 해서라도 그런 모임에는 가지 않으려한다. 누가 뭐라 하건 그 고집을 지켜왔다. 어색한 약속은 잠지 않고 귀가한다. 그러다 보니 또 집안일을 하게 된다. 이런……. 식탁에 앉아 거실을 둘러본다. 자꾸만 할 게 눈에 들어온다. 화병 물 갈아줘야겠네. 수건 빨래도 해야겠다. 점심 먹고는 냉동실 정리나 한 판 해볼까? 아차. 종량제 봉투 떨어졌지. 내 정신 좀 봐.

이래서는 집안일의 덫에서 빠져나올 수가 없다. 끝없이 할 일은 쌓여만 간다. 방바닥에 떨어진 머리카락 한 올도 그냥 지나치지 못한다. 누군가는 이런 나를 두고 깔끔 떨고 *자빠졌네* 하겠지만, 맞다. 나는 어질러져 있는 꼴을 못 본다. 제각기 제자리에 있어야 마음이 놓인다. 어질더분한 것은 발견하는 즉시 치워야 직성이 풀린다.

집에 들어오면 항상 손부터 먼저 씻는다. *왠지 모르게 찝찝해서다.* 될 수 있으면 향 좋은 비누로, 뽀드득뽀드득. 그럴 때면 기분이 한껏 고조된다. 손이 깨끗해지는 것뿐인데 마음도 한결 홀가분해진다. 아, 참. 손에서 물이 줄줄 흐르는 채로 화장실을 나서는 법도 없다. 손을 야무지게 닦고 박수 한 번, 짝! 그러고 나서야 집에

온 것 같다. 손을 씻기 전에는 완전히 마음 놓을 수 없다. 집 밖의 먼지가 아직 묻어있을 테니.

샤워 전에는 잠자리에 몸을 뉘이지 않는다. 아무리 피곤한 날이라도 몸에 따뜻한 물을 끼얹고 허둥지둥 머리를 감고 나서야 잠들 수 있다. 그러니 손도 안 씻고 심지어 옷도 갈아입지 않은 채 침대로 직행하는 아내의 몸부림은 도저히 익숙해지지가 않는다. 사랑하니 망정이지, 친구 녀석이 그런다면 안방 문 앞에서 육탄 방어를 했을 것이다.

하지만 나보다 심한 사람도 봤다. 내 친구 M이다.

M의 집에 놀러 간 적이 있다. 녀석은 나를 현관에 세워두고 알코올 솜 두 개를 내밀었다. 하나는 손 닦는 용, 하나는 휴대폰 닦는 용이라 했다. 그런 환영 인사는 난생처음이었다.

먼저 나 좀 들어가서 앉으면 안 되니? 묻고 싶은 마음이 굴뚝같았지만 그만두었다.

유난 떠는 성격에 비하면 녀석의 집 안은 그리 정돈

되어 있지도 않았다. 그럼에도 안방을 구경하자는 내 말에 M은 질겁을 했다. 한사코 나를 막아섰다. 안방은 자기만의 공간이니 먼발치서 보기만 하라고 했다. 머리부터 발끝까지 온몸을 청결히 하기 전에는 자기도 들어가지 않는다며.

나보다 더한 놈이구나 싶었다. 녀석이 예민한 줄은 알고 있었지만 자기 공간에 대한 엄격함은 상상 이상이었다. 불결하다나 뭐라나.

이건 이렇게 저건 저렇게. 집안일에 대한 자기 기준도 확고했다. 무릇 남자가 혼자 살면 빨랫감이 산더미처럼 쌓이고 담배 냄새가 진동하며 싱크대는 폭발 직전이라고 생각하기 쉽지만, 예민한 남자들은 그렇지 않다. 정확히 각 맞춰 속옷과 수건을 접어두는 것쯤은 예삿일이고 녀석은 공중목욕탕에 갈 때마다 온갖 걸 챙겨간다. 공용수건이 내키지 않는다며 수건, 때밀이, 드라이기까지 꾸린다. 드라이기까지? 왠지 모르게 찝찝해서란다. 녀석은 되레 목욕탕에 놓인 로션 쓰는 사람들 신기하지 않느냐고 물어왔다. 긁적긁적. 중병이다. 그럼에도 우린,

친구 아니랄까 봐 이런 것도 닮았네, 하며 자지러졌다.

그다음 날 녀석의 집을 나서는 길, 나도 알코올 솜한 박스 주문해야 하나 심각하게 고민했다. 퇴근하는 아내에게 슬그머니 내밀어 볼까 하고.

마음은

깨지기 쉬워요

수영 3개월 차, 욕이 턱 밑까지 차올랐다. '진짜 더럽게 안 되네.' 소스라치듯 놀랐다. 고작 수영장에서 무너지다니. 성인이 된 후로는 욕을 해본 적이 없는데……. 할아버지, 할머니들이 수면 위로 떠올랐다 가라앉았다 하며 멀어져 갔다. 일렬로 미끄러져 가는 그 움직임은 아주 부드러웠다. 정말 대단했다. 나는 가다 서다, 가다 서다를 반복하며 아등바등 용을 쓰고 있건만.

평영 첫날, 기본자세를 배우다가 울화통이 치밀어

033

올랐다.

'아니. 다들 이 자세가 된다는 거야? 저토록 태연한 얼굴로? 나만 안 되는 거야 지금?'

자유형과 달리 평영은 숨이 가쁘지도 않았다. 오히려 숨 쉬기는 편안했다. 첨벙, 물속으로 들어가 앞을 보면 그저 신기했다. 고요한 물속에서 하루의 피로는 시나브로 사라져갔다. 남은 건 앞으로 나아가는 일뿐! 한데 그게 마음대로 되지 않았다. 무릎을 모아준 상태에서 발은 W자로 꺾어야 하고, 어깨로 자연스럽게 올라왔다 내려가면서 호흡을 해주되, 허리는 뒤로 꺾이면 안 된다고? 뭐라-고라-고라? 총체적 난국이었다.

"잠깐 여기로 나와보세요."

강사가 나를 지목했다. 왜 하필 나를?

"자. 여기 바닥에 누우세요."

나는 졸지에 뜰채로 건져 올린 물고기 신세가 됐다.

혼자 수영장 바닥에 엎드려 누워, 물길을 가르며 돌진해 나가는 사람들을 내려다보아야 했다.

"어우. 스트레칭 많이 하셔야 되겠어요. 몸이 아주

딱딱해요."

헉! 순간 화들짝 놀라 뒤를 돌아보았다. 강사가 내 발목을 움켜쥔 채 양옆으로 당겨대고 있었다.

"어우야. 이것 봐. 힘 빼세요, 힘. 오늘부터 집에 돌아가시면 방바닥에 매트 깔고 연습하세요. 아셨죠?"

몹시 부끄러웠다. 나를 이런 식으로 건드리다니…….

"자 발목 딱 꺾어서 W자 만들어 주고. 복숭아뼈 안쪽으로 물을 눌러준다는 느낌으로, 하나 둘. 뒤로 스윽 밀어내는 거예요. 천천히 해보세요. 하나 둘."

생각과는 영 딴판으로 다리가 헛발질을 해댔다. 머리로는 다 알겠는데 몸이 좀처럼 따라주지 않았다.

"하기 싫죠? 하기 싫죠, 지금?"

강사가 내 마음도 몰라주고 뇌까렸다.

'무슨 말씀 하시는 거예요, 지금. 저도 노력 중이라고요. 자꾸 사람 무안하게 그럴 거예요!'

안 그래도 민망하게 혼자 버둥거리고 있는데…….

꼭 그렇게까지 해야만 속이 후련했냐! 영화 〈해바라기〉의 명장면이 머릿속에 스쳤다.

'아니야, 한두 개쯤 내 뜻대로 되지 않는 게 있는 것도 나쁘지 않잖아?' 언 발에 오줌 누듯 생각을 다스렸다. 더 이상 기분이 상하지 않도록 방어기제가 작동한 모양이었다. 평온을 되찾으려면 그렇게라도 마음을 다독거려야 했다. '모든 게 생각대로 되어 가면 사람은 오만불손해질 뿐이야. 과속방지턱 같은 거라고 생각하자. 그래! 나한테 평영은 과속방지턱 같은 거야! 찾았다 요놈!'

✳

"누구나 처음엔 서툴러요. 괜찮아요. 천천히 하셔도 돼요."

마음에 여유가 흘러넘치는 날이면 아주 근사하게 말하곤 했다. 허둥지둥 반찬을 나르는 식당 직원분께, 계산대 일은 처음인 고등학생 바리스타에게, 갓 면허를 따고 도로연수 나온 청년에게. "기다릴게요." 세상 느긋한 사람처럼 부드럽게 미소 지으며 가만히 숨을 골랐다.

그런데, 왜 정작 나는 나를 기다리지 못하는 걸까. 그러면 안 되는데, 나부터 나를 존중하고 기다려 줘야 하는 건데.

'할 수 있다! 할 수 있다!' 성장기를 거쳐오는 동안 반복된 집단 최면에 푹 빠져있었던 것 같다. 정말 필요한 건 무엇이든 할 수 있다는 헛된 희망이 아닌, '굳이 그렇게까지 하지 않아도 돼. 너무 애쓰진 마.' '넘어진 김에 쉬어 가자. 우리 좀 앉았다 갈까?' 이런 위로의 말들이었을 텐데. 우리는 광기 어린 응원가보다 따뜻한 위로가 간절한 사람들인데. 왜 다들 경주마처럼 무작정 앞으로 달려야만 했던 걸까.

그동안은 왜 그래야 하는지도 모른 채 모든 걸 잘하려 했고, 작은 것도 남들보다 앞서려 했고, 과정보다 결과를 중요시했던 것 같다. 더 이상은 안 되겠다. 오늘 밤, 집에 돌아가면 내 마음부터 들여다봐야겠다. 토닥토닥 갓난아이를 다독여 새근새근 잠이 들게 하듯. 조곤조곤, 가만가만. 언젠가 부드럽게 헤엄쳐 나가는 나를 그려보며. 음파, 음파. 핫 둘, 핫 둘.

—

파손주의. 마음은 깨지기 쉬워요. 심지어 물속에서도 깨진다니까요.

쉽게 잊히는

우
리
의

이
야
기

그날 처음으로 집단 면접이라는 걸 봤다.

면접관 세 명, 지원자 다섯 명.

네모난 방 맞은편에는 중년 남자 셋이 뚱한 표정으로 앉아있었다. 면접관들은 우리가 들어가자마자 30초 동안 자기소개를 해보라고 했다.

한 명은 영어로 해도 되냐고 묻고는 엄청난 속도로 자기소개를 했다. 다른 한 명은 증권회사에서 8년간 일하다가 지금은 재취업을 준비하고 있다고 말했다.

다섯은 각기 다른 대답을 했지만 다들 특유의 긴장감, 압박감 그리고 절실함이 묻어 나왔다.

자기소개가 끝난 뒤 면접관은 몇 가지 질문을 던졌다.

2012년 한국 롤렉스의 총 매출액을 추산해 보시오.

지원자들은 곧바로 답을 말하지 않았다. 긴 과정 설명이 먼저였다. 세 번째쯤 되자 한 면접관이 신경질을 냈다. "아니 그래서 얼마냐고요."

나는 이런 것까지 해봤다라고 할 만한 일을 짧게 이야기해 보시오.

동아리 회장을 하며 겪었던 어려움, 인턴을 하며 외국계 바이어들을 만났던 일, 캐나다 유학 시절 어떻게 자신감을 길렀는지 등등. 지원자들은 자신의 인생에서 꽤나 중요했을 사건들을 최대한 짧고 인상 깊게 이야기하기 위해 노력했다.

그날, 그 방에서는 이런 이야기가 수십 가지 이상 흘러나왔을 것이다. 수십 명의 지원자, 수십 개의 이야기. 쉽게 잊히고 마는 우리의 이야기들이.

*

일주일 뒤 전화가 걸려왔다. "시간 되시죠?" 마지막까지 이러는구나 싶었다. 고자세를 유지하려는 그 옹고집. 인턴으로 들어오면 매일 야근을 해야 되는데 괜찮겠느냐고 물어왔다. 채용공고와 달랐다. 우리가 너를 뽑아주는 만큼, 일도 가르치고 돈도 주는 만큼, 회사에 들어오면 지독하게 굴러야 한다고. 그는 분위기로 나를 압도하려 들었다. 나는 시간이 안 될 것 같다고 말한 뒤 전화를 끊었다.

내게 남은 학생 신분의 가치를 추산해 보시오.

전화를 끊고, 내가 붙들고 늘어진 질문이었다.

다 생각이

있거든요

　대학생 때 행정법 강의를 듣던 중이었다. 수강생은 백여 명 정도 되었고 난 으레 그랬듯 맨 뒷좌석에 앉아 책을 읽고 있었다.

　"거기, 맨 뒤에 파란 옷 입은 학생?"

　"네?"

　"수업은 안 듣고 만날 천날 무슨 책 읽노? 너는 이다음에 뭐. 무슨 글쟁이 될래? 그래 가지고 밥 벌어 먹고 살겠나."

오호라, 내가 다른 책 읽고 있는 건 어떻게 아셨대. 아니, 그건 그렇고. 학생들 다 듣고 있는데 그렇게 면박을 주셔야겠나요? 이목이 집중되는 건 진짜 싫다고요! 속으로는 부글부글, 콩닥콩닥했지만 겉으로는 의연한 표정으로 버텼다.

"자네 이름이 뭐더라?"

'이름은 또 왜!'

"이지윤이요."

떠오르는 대로 친구 이름을 말했다. 친구가 있다는 게 참 고마웠다.

＊

수능을 보기 전, 수시 전형에 덜컥 합격했다. 나도 모르게 '서울대 커트라인'에 들어 있었는지 갑자기 선생님들의 많은 관심을 받았다. 하시는 말들은 다 비슷했다.

"너 그 학교 갈 거야? 서울대 가야지. 서울대랑 나머지는 천양지차다. 사회 나와 보면 알아. 좋고 나쁘고를 떠나서 그게 현실인 걸 어떡하냐."

'아, 그래요? 어디 갈지는 제가 정할게요. 저도 다 생각이 있거든요.'

실은 아무 생각도 없었다. 합격 소식에 한껏 들뜨는 바람에 수능은 보기 좋게 망쳤다. 자연스레 내게 문을 열어준 대학교에 입학했고 결과적으로 보자면 그건 내 삶에서 가장 잘한 일 중 하나가 되었다. 그곳에서 지금의 아내를 만났기 때문이다.

*

"어이 책벌레! 이다음에 니는 글쟁이 할 끼가?"

"에이. 무조건 서울대 가야지."

그 말들이 종종 생각난다. 그분들 말마따나 어떻게 서울대에 입학을 했다고 치자. 그럼 내 인생은 어떻게 됐을까? 생각할수록 암담해진다. 평생 독수공방 당첨이요!

금강산도

"진짜 궁금해서 물어보는 건데."

"응."

"설거지 잘하고 말고 할 게 있어?"

"응?"

"아니 그냥. 세제 짜서 쓱싹쓱싹하고 나면 다 깨끗해지는 거 아닌가? 누가 해도 다 비슷한 것 같은데."

정말, 정말 그렇게 생각해?

*

설거지에도 그에 맞는 기술과 요령이 있다.

무엇보다 중요한 건 타이밍이다. 우리 집에서는 설거지와 청소를 미루는 법이 없다. 식사 후에는 우선 식탁을 말끔히 치우고 싶다. 아니, 사실 식사를 마치고 나서가 아니라 마칠 때가 다 되어 가면 뭐부터 치울지 미리 생각하기 시작한다.

'우선 생선 접시를 치우고, 반찬은 뚜껑 닫아 냉장고에 넣고, 국그릇이랑 냄비는 베이킹소다 톡톡 뿌려서 따뜻한 물에 담가두면 되겠다!'

식사 끝! 엉덩이가 들썩들썩거린다.

'가만 보자. 생선 담아둔 종이 호일을 먼저…….'

이리저리 돌아가는 내 눈동자를 보고 아내가 나의 손을 가만히 잡는다. "조금 쉬었다 하면 안 될까?"

'아, 맞다. 우리 방금 밥 다 먹었지.'

내가 대답한다. "그래, 조금 쉬어요. 배도 부르니까."

'근데 눈앞에 널브러져 있는 것들이 조금 신경 쓰이

네……. 어쩌지?'

내가 다시 말한다. "그냥 우리, 치우고 쉴까요?"

*

설거지도 설거지지만, 식사를 하는 도중이라도 식탁
위를 수놓는 온갖 부스러기들, 한두 방울의 반찬 국물을
그냥 보고 넘기지 못한다. 정체 모를 조각조각들이 눈
에 띄면 손을 휘이-휘이 젓는다. 우선 한 곳에라도 모아
두기 위해서다. 혹시나 생길지 모르는 얼룩을 닦기 위해
휴지와 행주도 항시 대기시킨다. 이럴 거면 바닷가 근처
의 횟집들처럼 끼니마다 일회용 식탁보를 깔아야 하는
걸까? 어릴 적 아버지께서 하시던 말씀이 머릿속을 스
친다.

"밥상 앞에 두고 자꾸 부산스럽게 그런 거니?"

네, 아버지……. 그럴 거예요. 이런 저를 용서하세요.

지금 그게

문제가 아니다

"나 일주일간 해외 출장 가는데. 네가 그동안 우리 집에 와서 강아지 좀 봐줄래?"

"너 공부 마치면 나중에 우리 회사 들어와서 글이나 써주라."

이게 대체 무슨 말이지, 귀신 씻나락 까먹는 소리인가? 당시 자기 사업을 시작한 지 3년 정도 되었던 N이 말했다.

"난 쫄딱 망해도 다시는 월급쟁이 못할 것 같아. 내 사업 해보니까 알겠더라. 사장도 나름대로 스트레스 이만저만이 아닌 건 맞는데. 그래도 사장이잖아. 마르크스가 얘기한 부르주아와 프롤레타리아, 자본가와 노동자 알지? 난 체질상 자본가가 맞는 것 같아. 사실 노동자는 말이 좋아 근로자지. 그냥 돈 받는 노예잖아. 부품. 그 이상도 이하도 아니야. 난 이제 알았어."

마치 인생의 거대한 비밀 하나를 풀었다는 말투였다. 그 좋은 걸 왜 이제 알았나 몰라, 하는 표정도 한몫했다. 불편했다. 앞서 한 말들과 뒤에 이어진 말들이 한데 엮여 그 생각의 뿌리가 보였다. 친구가 다르게 보이기 시작했다.

자기는 눈에 흙이 들어와도 남 밑에서 일 못한다고 큰소리쳐 놓고, 바로 앞에 앉은 친구에게는 자기 회사 들어와서 일을 하라니. 거참. 흥미로운 친구일세. 자네, 연구 대상이야.

처음에는 가볍게 웃고 넘어가려 했지만 비슷한 말들

이 연달아 쏟아져 나왔다.

"나 이번에 독서실 새로 하나 오픈하는데, 주말에 인형 탈 쓰고 전단지 돌리는 거 해볼래?"

N은 한술 더 떴다. 알바들은 편하게 있으려고만 해서 믿고 맡길 사람이 없다며.

"생활비 번다, 셈 치고 주말 매니저 네가 좀 해주라. 시급 잘 쳐줄게."

계속 웃었다. 정말이지 긴 수험생활로 지친 내 하루에 실컷 웃음 비를 내려주기 위한 작은 이벤트 같았다. 그러다 아, 이거. 마냥 웃고 넘길 게 아닌가? 하는 생각이 들었다. 지금 나랑 뭐 하자는 거지?

그 말들은 분명 농담 반, 진담 반이었다. 진담이 반이나 섞여있었다. 우스갯소리인 척 던져댔지만 '미끼를 물지도 몰라' 하는 마음도 분명히 보였다. 눈 딱 감고 친구의 호의를 받아들였어야 할까. 아우, 고맙다고. 네가 날 그렇게 챙기는지 몰랐다고. 고시 공부하면서 생활비 벌겠다고 일도 하는 게 안돼 보였구나? 깍듯하게 고개 숙여 인사라도 올려붙였어야 할까. 사장님 감사합니다,

하고. 아니면 친구로서 진지하게 말해줬어야 할까.

　'사장 노릇만 하다 보면 사람이 전부 돈 주고 부리는 기계로 보이니? 바빠서 병을 키웠구나? 너…… 얼른 병원 가봐. 지금 인형 탈이 문제가 아니라고, 이 친구야!'

혼자에

태연해지기

강의 시작 10분 전. 삼삼오오 짝을 지어 앉아있을 동급생들이 머릿속을 스친다.

나는 어디에 앉을까? 오늘도 어제처럼 혼자겠지만, 한 번쯤 자리를 바꿔주는 것도 필요해.

강의실 정중앙에 덩그러니 앉기도 하고 맨뒷줄에 숨기도 했다. 수업은 중간에 쉬는 시간이 없는 과목을 선호했다. 쉬는 시간이 있으면 자주 난처했다. 무리 지어 매점으로, 복도로, 흡연 장소로 향하는 타인의 움직임이

낯설었다. 아니, 움직임이라기보다는 무리 짓기라고 해 두자. 어쩜 그렇게도 자연스럽게 여기 붙었다 저기 붙었 다 할 수 있는 건지.

내게는 무리에 속하는 일이 매번 어려웠다. 화장실 만 잠시 다녀오거나 수업과 상관없는 책을 들고 다니며 꺼내 읽었다. 때로는 읽는 척만 했다.

혼자서 밥을 먹는 건 드문 일이 아니었다. 그냥 일상 이었다. 매일 붙어 다니던 단짝이 있는 시기도 있었지 만, 그런 존재가 없는 때에는 대개 혼자였다.

오늘 점심엔 누구, 내일은 누구, 저녁엔 또 누구누구. 밥 먹을 상대를 정해야 하는 일이 머리를 쥐어뜯는 난제 처럼 느껴졌다. 늘 정신건강을 1순위로 삼았으므로 스트 레스 받을 바에는 속 편한 혼자를 택했다.

평판이라는 말로 포장된 타인의 언어에는 늘 태연하 려 했다. 그 노력은 나를 충분히 성장시켰고 매 순간 의 연할 수 있는 사람이 되게 해주었다.

*

　사회가 원하는 건 따로 있는 듯 보인다. 조직, 공동체, 그리고 어디서든 무리 지어 주류를 이루는 사람들. 그들은 나와 달랐다. 앞으로도 다를 것이다. 굳이 골라야 한다면 나는 어디서든 비주류이고 싶다. 다수에 속하기라도 하는 날에는 규격 인형이 된 것만 같은 위기감을 느낀다. 누군가 만들어 놓은 틀에 꼭 들어맞는 규격 인형, 그건 내가 바라는 인간의 모습은 아니다.

기준

나의 예민함이 오늘도 우렁차게 소리친다. *기준!!*

*

친구 H가 말했다.

"책을 산다고? 왜 책을 사서 봐? 서점 가면 한 시간에 두세 권은 후딱 읽는데."

"책 그거 아주 짐이야, 짐. 사실 대학 졸업하고 나면 딱히 책 살 일 없지 않나?"

글쎄……. 고개가 살짝 기울어지려는 걸 참고, 조금 더 그의 말을 들어봤다.

"우리 집에는 TV도 없어. 솔직히 방송 수신료 내기도 싫고. 조금 있으면 인터넷에 다 올라오는데 굳이 제때 볼 필요 있나? 5분이면 드라마 한 편 뚝딱인데?"

후딱과 뚝딱. H의 기준은 후딱과 뚝딱인 게 분명해 보였다. 후딱 읽고 치우고 뚝딱 내려받으면 고민 끝? 두 단어를 참 좋아하는구나, 생각했다.

한데 무언가에 마음을 기울이고, 만든 이의 정성을 생각해 보는 일은 사실 그 정반대 편에 놓여있는 것 아닐까? 만든 이의 수고로움은 누가 보상해주지? 나의 예민함은 H의 태도에 반문하고 나섰다. 그건 엄연히 절도고 도둑질이야! 그걸 만든 사람에 대한 기본적인 예의도 없는 거라고!

부끄럽지만 나도 어릴 때는 어둠의 경로를 곧잘 활용했다. 만화책이든 영화든 몰래몰래 다운받아 보곤 했다. 돈이 굳는다는 기쁨도 있었지만 한편으로는 묘한 승리감, 짜릿한 쾌감도 느꼈다. 즐겨찾기 되어있는 곳이 불법유해정보 사이트라며 막히는 날에는 승부욕이 더 불타올랐다. '막아보라지. 다 길이 있거든?' 하며 요리조리 피해 다녔다. 그러다 나이가 들고 내 힘으로 번 돈이 통장에 들어오고 나서야 창작물을 이용할 때에도 정당한 대가를 지불하는 것이 옳다는 생각을 하기 시작했다. 그 일은 누군가에게 굉장히 중요하고, 시급하고, 또 절실한 일이 될 수 있다는 것을 깨달았다.

2017년 한국대중음악상 시상식. 가수 이랑은 별다른 상금 없이 트로피만 받게 되자 수상 소감으로 생활고를 토로하며 트로피를 경매에 붙인다고 말했다. 실제로 트로피는 현장에서 50만 원에 낙찰되었고 그 일은 나의 깨달음을 더 강화하는 계기가 되었다. 아무도 보지 않는 곳에서 검은 유혹이 우리를 엄습해 올 때, 언제가 됐건 예민함이 목청껏 외쳐주면 좋겠다. 기준!!

선망의 방,

경멸의 방

"야, 확실히 그 학교 출신은 다르긴 다르더라. 그지
않냐?"

"걔는 뭘 해도 될 놈이야. 될. 놈. 될! 으흐흐."

간혹 이런 말을 하는 사람들을 보게 된다. 과연 그런
가? 아나 콩콩이다. 다들 진심으로 그렇게 믿는 걸까. 정
말 뭘 해도 되는 사람이 있기는 한 걸까? 한 가지만 잘
하기도 어려울 텐데. 하나를 보면 열을 알 수 있다는 말

까지는 그렇다 치더라도, 저런 말들은 도무지 수긍이 가지 않는다. 이런 말은 또 어떤가.

"너는 커서 뭐가 되려고 그러냐? 갑동이 좀 봐봐. 제발 좀 갑동이 반만 닮아라. 하여간 떡잎부터 글러 먹었다니깐. 쯧쯧."

아주 용한 점쟁이 나셨다.

사람들은 너무 쉽게 타인에 관한 판단을 내린다. 마음속에 선망할 사람의 방과 경멸할 사람의 방을 만들어 놓고 아주 간편하게 이 사람, 저 사람을 구겨 넣는다. 입장 순서와 근거는 너무나 빈약해서, 그 자리가 쉽게 바뀌기도 한다. 경외의 대상이었던 사람이 작은 정보 하나로 금세 멸시의 대상이 된다.

"야, 대박. 배우 A 있지? 요새 엄청 떴잖아. 걔 한국인이 아니라네?"

"뭐? 대박. 그럼 검은 머리 외국인?"

"완적 속았네, 속았어."

"세금은 제대로 내고 있으려나. 군대는? 내 동생은 지금 백령도 끌려가 있는데."

"외국인이 군대를 왜 가냐. 군대 안 가려고 딱 맞춰서 영주권 딴 건 아닌가 몰라."

상대적으로 그 반대의 경우는 드물다. 일단 무시하기로 한 이상 다시 애정을 주는 법은 없다. 대단한 이력을 알게 된다 해도 별 관심을 갖지 않는다.

"옆 팀에 새로 들어온 B 있잖아? 영국에서 대학 나왔다네. 한 7년 살았다나?"

"그래서 뭐? 딱 봐도 공부만 했을 것같이 생겼잖아."

"하긴. 걔는 공부라도 잘해야지. 그 얼굴에 공부도 못 했어 봐. 어우."

이런 분들, 뿌린대로 거두길 바랄게요. 난데없이 돌

부리에 걸려 넘어지면 나이스 샷.

*

때로 나는 어느 방에 속해있을까, 하는 생각을 한다. 많은 경우 무관심의 방에 들어가 있겠지만 얼굴을 마주하고 서로의 이야기를 나누다 보면 내가 저 사람의 마음속 어떤 방에 들어가 있구나 하는 걸 느낄 때가 있다.

새로 일을 시작하고 얼마 되지 않아 출퇴근용 자동차를 사기로 했다. 차를 알아보고 있다고 하니 사람들은 말했다.

"변호사님 정도 되시면 제네시스 정도는 몰아줘야 되는 거 아닙니까? G70, G80. 요즘 차들 잘 나오던데요."
"에이. 벤츠나 BMW 정도는 딱 몰고 오셔야죠."

얼마 후 나는 세심하게 고른 중고 경차를 타고 출근했다. 여유 현금과 나의 운전 경력을 고려한 합리적인 소비였다. 하지만 그 후 눈빛이 달라진 사람들이 얼마쯤 있었다.

"집에 돈은 별로 없나 보네."
"변호사가 경차가 뭐야 경차가. 소형차도 아니고."
"센 척하더니 알고 보니 별거 아니구만."

변호사라는 이유만으로 경외의 방에 속했다가 경차를 탄다는 이유로 무시의 방에 들어갔다. 그 사이 나는 한 발자국도 움직이지 않았는데. 정말이지 *아나 콩콩*이다.

—

'아나 콩콩'이란 '터무니없는 소리!'라고 비꼬는 경상도 방언입니다. 어감이 상당히 좋지요?

우리는

작은 것을 사랑해

나는 작은 것에 마음이 끌린다. 작은 서점, 작은 카페, 작은 영화관, 작은 가게. 본인 목소리보다 한 음정 정도 낮춰 작은 목소리로 말하는 사람. 작은 장신구 혹은 작은 동전지갑 하나쯤 가지고 있는 사람. 그것도 아니라면 손등에, 콧잔등 위에 작은 점 하나라도 지닌 사람에게 마음이 간다.

크고 요란하고 화려한 것들은 많은 이들이 주목하

고 관심 가져주니 나까지 그럴 필요는 없을 것 같아서. 외롭고 쓸쓸하게 덩그러니 놓인 것들에 눈길이 간다. 1000만 명이 우르르 몰려가 보고 나오는 영화가 아니라, 단 몇 명이라도 좋으니 함께 공감하고 마음 쏟는 영화가 좋다.

*

영화관은 어쩔 수 없어서라도 작은 영화관에 가야 할 때가 많다. 보고 싶은 영화가 아예 대형 극장에 걸리지 않는 경우가 많아서.

'어! 이 영화 봐야지!' 하고 예매하기를 눌러보면 상영관과 나의 거리 250킬로미터.

구미에 내려온 뒤로 영화를 제때 챙겨보는 일이 여간 어려운 게 아니다. 지방일수록 저예산 독립 영화, 예술 영화, 소소한 다큐를 상영하는 극장은 찾아보기 힘들다.

내가 굳이 작은 영화관으로 향하는 이유는 그곳에서 부스럭-후루룩-짭짭 소리가 들리지 않기 때문만은 아니다. 오로지 영화를 사랑하는 사람들이 모인 공간, 그 공간이 빚어내는 정중함과 영화에 대한 존중감이 좋아서다. 물 이외의 음식물은 지니지 않고 오롯이 영화에만, 영화를 만든 이들의 마음과 그들이 들려주고자 하는 이야기에만 집중하는 사람들. 그리고 그들 속에 함께 있을 때 전해져 오는 편안한 소속감은 대형 극장에서는 느끼기 힘들다. 하염없이 엔딩크레딧이 올라가더라도 자리에서 일어나지 않고, 그 모든 이름을 기억할 수는 없지만 가만히 앉아 영화의 여운을 느끼는 사람들. 그 묘한 동질감이 나를 잡아 끈다.

*

아내와 처음 데이트를 했던 신촌 아트하우스 모모. 그날의 떨림을 기억한다. 어정쩡한 자세로 매표소 주위를 맴돌던 나. 미셸 공드리 감독의 〈무드 인디고〉를 보는 내내 나는 손을 꼼지락거렸다. '손을 잡아야 하나, 말아야 하나. 아니, 잡아도 될까?' 전전긍긍하다 영화에는 집중도 못한 채 결국 손을 잡지도 못했다. 이후에 들어보니 그날 다짜고짜 손을 잡았더라면 '이 사람 왜 이래?' 하며 나를 더 이상 만나지 않았을 거라고 했다. 망설임도 때론 쓸모가 있구나 싶어 가슴을 쓸어내렸다.

그로부터 몇 년 후, 우리는 광화문 씨네큐브에서 〈인생 후르츠〉를 보며 백년해로를 약속했다. 서로의 왼손과 오른손을 편안히 포개어 둔 채로.

아 고거이

또
그
라
제

지하철 문이 열리고 할아버지 한 분이 들어오셨다. 빈 자리가 보이지 않았다. 나는 곧바로 자리에서 일어나며 말했다.

"여기 앉으세요. 할아버지."
"아이고."

그때 저 멀리서 누군가 구수한 목소리로 말했다.

"일리 오시여!"

"?"

"일리 오셔!"

고개를 빠끔히 내밀어 왼편을 쳐다보니 노약자석에
앉아계시는 할아버지가 이쪽을 보며 힘껏 손짓을 하고
계셨다. 그 눈빛과 몸짓이 엄한 데 끼지 말고, 잔말 말고
이리로 오라는 분위기였다.

"됐어. 여기 있어. 학생이 자리 내주잖여."

"일리 오셔!!"

"여기 있어!"

"일리 오시라니께!"

두 분은 서로 지지 않고 한동안 대거리를 하셨다. 태
어나 얼굴 한 번 본 적 없는 사이일 텐데 마치 30년 지
기마냥 주거니 받거니 말이 오고 갔다. 그 광경이 왠지
낯설지가 않아 스멀스멀 웃음이 나왔다. 입꼬리가 씰룩
거리는 걸 겨우 참고 있었다. 결국 망설이던 할아버지는

내 어깨를 두어 번 토닥이고는 발걸음을 떼셨다.

*

멋쩍어하며 자리를 옮겨 앉은 할아버지는 점퍼 주머니에서 물파스를 꺼내 정수리에 여러 번 문질러 바르셨다. 생전 처음 보는 광경이었다. 정수리에 멍이라도 드신 걸까? 아, 거기 모기 물리신 건가?

"그 파스 고거. 나도 함 발라봐도 될랑가."
"그라제."

두 분은 아주 사이가 좋아 보였다. 한마디로 정수리에 파스도 나눠 바르는 사이.

"아니 근데 마빡이 좀 좁아야 나이가 덜 들어 보이는 거 같여."
"나이가 들었으면 나이가 들어 보이는 게 맞지, 뭘 그라능가."

"시골에서 농사짓는 치들보다 내가 더 늙어 보이는 거 같당게. 그이들은 순 땡볕에서만 일하는디."

"나이가 들었는디 나이 안 들어 보이면 그것도 문제여. 내 말이 맞당게."

"아니 어찌 그런가. 젊어 보이는 게 안 좋응가."

대화는 점점 고조되었다. 나는 왼손가락을 들어 손톱을 살피는 척하며 두 분 쪽을 흘깃 쳐다보았다.

"그케 되믄 어린 것들이 자꾸 알로 보고 반말 찍찍 싸부린다 이 말씀이여."

"아 고거이 또 그라제."

땡-. 이런 소소한 재미를 포기할 수 없어 오늘도 나는 더듬더듬 주위를 살피고 있다.

경로를 벗어났습니다,

진
작
에

웬만하면 회식은 가지 않는다. 더 정확히 말하자면, 어떤 이유를 만들어 내서라도 회식 자리는 빠지고 본다. 일단 일이 있다고 둘러댄 다음 찬찬히 생각한다.

정말 불가피하게 모임에 나가게 된다면 누구와, 무엇을, 언제까지 먹고 마시게 될지에 관해서 생각한다. 나가서도 술은 마시지 않거나 '짠'만 하거나 한두 잔만 마신다. 약을 먹고 있다는 둥 점심에 배탈이 났다는 둥 준비해 둔 말을 꺼내놓는다. 2차에 따라가는 일은 결코 없다.

업무로 연을 맺은 사람들은 내가 술을 못하거나 즐기지 않는다고, 무슨 재미로 사냐고 곧잘 이야기한다. 응? 사실 나는 *애주가*다.

그런 자리에서, 그런 속도로, 그런 사람들과 술잔을 부딪치고 싶지 않을 뿐이다.

나는 여건만 된다면 매일 저녁 한 잔의 와인을 곁들이고, 여름이면 누구나처럼 시원한 맥주를 즐긴다. 소주를 먹어야 한다면 합성첨가물 없는 증류주를 찾고, 특별한 날에는 싱글 몰트 위스키를 마시는 사치도 부리곤 한다. 다만 되도록 천천히, 마음 맞는 사람들과 편안한 자리에서 마시길 원한다. 부어라 마셔라, 너 죽고 나 죽자 마시는 건 대학교 신입생 때 이후로 그만뒀다. 그리고 내게 선택권이 있는 한 *다시*는 그러고 싶지 않다.

이런 내 태도를 감지한 누군가가 어느 날 쏘아붙이듯 말했다.

"좀 회식도 꼬박꼬박 나오고. 술자리 끝날 때까지 먼저 집에 가지 말고. 핑계 대면서 술도 빼지 좀 말고. 그

래야 인맥도 탄탄하게 쌓을 수 있고 나중에 서로 끌어
주고 밀어주고 그러는 거. 자네는 그런 것도 모르나?"

네, 모릅니다.

말수도 마찬가지다. 나는 상대방이 나와 결이 다르
다는 걸 감지하는 순간 입을 다문다. 단 몇 분이든, 몇
개월이 됐든 그 앞에서는 침묵한다. 겉도는 이야기만 주
고받을 바에야 차라리 그게 속 편하다. 내가 하도 말이
없으니 벙어리인 줄 알았다는 사람도 있었다. 과연? 나
와 절친한 사람들은 나에게 그렇게 쉬지 않고 떠들면
입 아프지 않으냐고 빈정거린다. 즐거운 이들과 함께라
면 이야기 샘은 마를 일이 없다. 서로 마음만 맞는다면
만사형통인 법이니까.

같은 기수에 속했다는 이유만으로 참여하게 된 카
카오톡 단체 대화방에서도 나는 1년이 됐건 2년이 됐건
한마디도 하지 않는다. 하여 그 방의 알림을 꺼두는 건
숨을 쉬는 것처럼 자연스러운 일. 읽지 않은 메시지가
수백 개가 될 때도 있지만 그걸 순서대로 읽어 내려가

는 일은 당연히 없다. 관심 없는 대화를 읽지 않는 것 역시 잠을 자는 것처럼 자연스러운 일이니까.

그리고 이건 비밀인데, 오히려 용량을 차지할까 봐 대화 내용 전체 삭제를 누르는 일이 많다. 한순간에 지는 벚꽃처럼, 앗사리あっさり(미련 없이 깨끗이). 텅 빈 대화방을 보면 그렇게 마음이 편안할 수가 없다.

대학교 초반까지만 하더라도 나름 마당발이라는 이야기도 들었고 어느 모임에든 빠지지 않던 내가 어쩌다 이렇게 달라졌을까. 무엇보다도 수험생활의 영향이 컸다.

타인과 보내는 시간보다 책상 앞에서 홀로 보내는 시간이 많았고 쉴 때도 누군가를 만나 먹고 마시고 떠들기보다는 산에 올랐다. 시간도 돈도 아껴야 했다. 누구든 만났다 하면 시간과 돈은 사라져갔으니까. 그렇게 혼자가 되어갔다.

드문드문 외로움에 떨기도 했지만 혼자인 내 모습이 썩 마음에 들었다. 안간힘을 쓰며 쥐고 있던 *가면*을 벗어던질 수 있었다고나 할까.

인생은 한 편의 연극, 우리는 모두 그 무대 위의 배

우일 뿐이라는 셰익스피어의 말을 좋아한다. 다만, 무대의 막은 타인들 속으로 걸어 들어갈 때만 열린다고 믿는다. 홀로 있을 때 부러 *가면을 쓰는* 사람이 있을까?

타인이 등장하는 순간, 우리의 작은 우주는 파르르 진동한다. 누군가에게는 타인이 일으키는 파동이 미미하겠지만 누군가에게는 그 파동이 걷잡을 수 없이 거세다. 아무런 위화감 없이 타인과 젖어 드는 사람이 있는가 하면 타인에게 스며들기 위해 안간힘을 써야 하는 사람도 있다. 머릿속에서 온갖 경우의 수를 떠올려 보고 마음의 준비도 단단히 해야 하는 사람들. 바로 우리들.

우리는 때로 어떤 가면을 써야 할지 몰라 한참을 망설이고, 망설이다 그만 얼굴에 경련이 인다. 상대가 그걸 알아차리기라도 하는 날에는 정말이지 낭패다.

'아…… 저 사람 알아챘어. 봤네, 봤어. 내가 대범하지 못하고 예민하다는 거. 어색해서 발가락만 꼼지락대고 있다는 거. 젠장. 들키고 싶지 않았는데.'

＊

운전을 하고 가다 보면 이런 안내 음성을 심심치 않게 듣곤 한다. '경로를 벗어났습니다.' 왠지 모르게 나한테 하는 말 같다. 사회적으로 인정받고 성공한 사람이 되어가는 탄탄대로가 여기 떡하니 놓여있음에도, 그걸 주변에서 계속 일러주고 있는데도 나는 자꾸만 그 길에서 벗어나는 거다. 사교성도 뿌리치고, 큰돈을 버는 일에도 별다른 관심 가지지 않고, 누군가 요즘 잘 나간다는 아무개를 소개해 준다 해도 크게 내키지 않는다.

"사회에 첫발을 내딛는 그곳. 뭐가 됐든 처음 3년이 중요한 거 알지? 잘못 발 디디면 네 커리어도 끝장이다? 땡길 수 있는 인맥도 최대한 땡겨 보고 그래야지."

좋은 말씀 감사해요. 감사한데요…… 그 정도는 저도 알고 있거든요. '경로를 아주 크게 벗어났습니다.'

어떤 말들은

꼭
해
야
해

—2018년 11월 20일 17시 20분 대전역. 열차가 멈췄다.

"필승. 정보반 병장 유승훈입니다. 주임원사님, 제가
지금 기차 타고 복귀하고 있는데 대전역에서 30분 넘게
정차되어 있습니다. 이런 경우 어떡해야 합니까."

—18시 20분. '오송역 전체 단전으로 전 고속선이 출
발치 못하고 있습니다. 전기로 운행하는 열차이다

보니 운행할 수 없는 상황입니다. 현재 무궁화 새
마을호만 출발 가능합니다. 목적지 도착 후 종착
역에서 환불이 이루어질 예정이니 도착 후 환불받
으시기 바랍니다.'

"어마. 애 나왔나. 하이고야. 내 여기 대전역서 멈차
있다. 기 가지를 않는다. 기 가지를. 고추가?"

―18시 37분. '약 15분 후 운행이 재개될 예정입니
다. 불편을 드려 대단히 죄송합니다.'

"2B 여 아니가?"
"아마 기차가 다를 거예요."
"머라고예?"
"이 기차는 한 시간째 멈춰있어요."
"예? 참말로예?"
"미자야. 우야믄 좋노. 클났다 야. 느그 아빠 눈 감아
삐면 우짜노."

—19시 12분. '현재 전 차선 복구 완료되었고 복구 테스트 후 먼저 온 열차부터 출발할 예정입니다.'

—19시 49분. '신호가 나지 않아 운행하지 못하고 있습니다. 열차 이용에 참고하시기 바랍니다.'

—20시 19분. 아무런 안내 없이 열차 출발.

—20시 26분. 예고 없이 선로 위에 멈춤.

—이건 재난이다. 모두가 굶었고 객실 화장실은 오물로 흘러넘쳤다.

—21시 13분. 천천히 운행 재개.

—21시 18분. 다시 캄캄한 강 위에 멈춰 섬.

—21시 26분. '앞차와의 간격 조정을 위해 15분간 정차 후 출발하도록 하겠습니다.'

—21시 40분. 안내 없이 운행 재개.

—22시 35분. 수서역 도착. 본래 도착 예정 시각은 18시 20분.

*

당시 SRT 350열차 2호차 2B 자리에 타고 있었다. 아무런 약속이 없는 날이라는 게 그토록 위안이 될 줄 몰랐다. 열차 안에는 돈으로 보상할 수 없는 사연들이 많았다. 발을 동동 구르고 한숨을 푹푹 쉬어대고 허탈하게 웃어젖히는 그 숱한 마음들 곁에서 나는 그저 깊게 내려앉아 있었다. 먼 데서 누나와 재잘대는 남자아이의 말소리가 들려왔다. "어느 것을 고를까요. 알아맞혀 보세요."

도착 후 공지사항에 올라온 보상처리지침을 확인했다. 공지는 이랬다.

'5시에 단전이 되었고 6시 50분에 정상 복구되어 운행 재개되었습니다.'

명백한 거짓말이자 끔찍스러운 기만이었다. 지침이란 것도 평상시 홈페이지에 올라와 있는 소비자분쟁해결기준을 가져다 붙여놓은 것에 불과했다. 10~20분짜리 열차 지연과 그날의 연착 사태는 차원이 달랐다. 최장 7시간 동안 열차 안에 갇혀있던 사람들도 있었다. 신문 기사에는 다음과 같은 댓글이 달렸다.

　└ 평소에는 시간 겁나 많아서 잉여짓하는 것들이 보상 어쩌고 할 때는 ㅋㅋㅋㅋ
　└ 왜. 몇 시간 연착된 걸로 수천 만 원 해 쳐드시게?
　└ 사고가 났다는데 뭘 더 보상하라는 거죠? SRT 잘못이 아니라 단전이 잘못인데?

　기가 막혔다. 화는 나지 않았다. 오히려 불쌍했다. 어떤 마음으로 살아야 저런 생각을 머릿속에 품을 수 있을까. 그 빈약함이 덧없어 보였다.

　분 단위로 기록해 둔 상황일지를 바탕으로 민원을 제기했다. 단순 운임 환불만으로는 충분치 않고 지연 시간만큼의 보상이라도 이루어져야 한다고 주장했다. 적절한 대처가 없을 경우 집단소송을 준비하겠다고 으름장을 놓았다. 고객센터 직원을 난처하게 하고 싶진 않으니 즉각 상부에 보고해 줄 것을 부탁했다.

　다음 날 부장급 인사의 전화가 걸려왔다. 요구는 모

두 받아들여졌다. 다만 그 보상이 나에게만 이루어지는 것인지, 그날의 승객 모두에게 돌아가는 혜택인지는 알 수 없었다. 그 부분까지 답변드리기는 곤란하며 적절한 보상책을 강구하고 있다는 말만 반복했다. 따로 항의하지 않은 이들에겐 보통의 기준에 따른 운임 환불만 이루어졌을까? 나도 가만히 있었더라면 추가 보상을 받지 못했을까? 역시 목소리 큰 사람만 대접받는 세상인 걸까. 부당한 일을 겪고도 말 한마디 못 꺼내는 사람들은 또 얼마나 많을까.

누군가 대신 나서줄 사람이 필요했다. 바로 나였다.

자타 공인 예민이인 나는 이럴 때만큼은 신랄하고 날카로워지길 주저하지 않는다. 몇 번이고 다시 전화를 걸었다. 될 때까지, 매일 진행 상황을 확인했다. 지켜보고 있으니 얼렁뚱땅 넘어갈 생각하지 말라고 압박을 가했다. 집요함은 나의 히든카드니까. 나의 예민함은 허투루 뭉갤 수 없으니까.

우효의 노래 〈테디 베어 라이즈Teddy Bear Rises〉에는 이런 가사가 나옵니다.

하고 싶은 말은 해야 돼. 안 그러면 정말 병이 돼. 어떤
말들은 꼭 해야 돼. 안 그러면 정말 후회해.

당신의

일
기

금요일

카드를 한 장만 대어 주십시오.

화들짝 놀라 온몸이 경직됐다. 얼른 지갑 반대편을
다시 갖다 대 봤다.

카드를 한 장만 대어 주십시오.

이마에 땀방울이 맺히기 시작했다. 어라, 이쪽도 안 된다고? 삐질삐질. 허둥지둥. 쿵. 기어이 휴대폰까지 떨어뜨리고야 말았다. 버스 안 모든 사람들이 나를 쳐다보는 것만 같았다. 이런 건 정말 쥐약인데. 머릿속 생각과 달리 겉으로는 아무렇지 않은 척 휴대폰을 집어 들었다. 아차, 나 때문에 버스에 올라서지도 못한 사람들이 눈에 들어왔다. 그중 한 명과 눈이 마주쳤다. 일그러진 얼굴로 한심하다는 듯 나를 보고 있었다. 신경질 내기 일보 직전이었다. 에라, 모르겠다. 지갑에서 아무 카드나 한 장 꺼내 일단 찍었다.

감사합니다.

휴. 한숨 돌렸다. 잰걸음으로 빈자리에 걸어가 앉았다. 손에 들린 카드를 확인해 보니 평소 교통카드로 쓰지 않는 카드였다. 금세 울상이 됐다. 이건 대중교통 할인이 적용되지 않는다고! 그제야 휴대폰 생각이 났다. 주머니에서 꺼내 보다 까무러칠 뻔했다. 나선으로 선명히 금이 가 있었다. 울고 싶었다. 이건 꿈일 거야. 꿈이어야 해! 허둥대지만 않았더라도 이런 불상사는 없었을 텐데. 이목이 집중되는 순간은 언제고 나를 긴장하게 만든다. 몹쓸 소심함.

삑. 한 정거장 전에 미리 일어나 문 앞에 가 섰다. 깜빡하다 정거장을 지나치면 안 되니까 교통카드도 미리 찍었다. 내릴 준비 완료! 신호에 걸린 버스가 한동안 멈춰 서있다. 어느새 딴생각에 빠져들었다. 장모님이 양배추즙은 잊지 말고 꼭 매일 챙겨 먹으라 하셨는데. 오늘 아침에 먹었던가?

이번 정류장은······.

앗. 지금이다. 카드를 찍었나? 혹시 모르니 어디 한 번······.

이미 처리되었습니다.

토요일

"다음은 신부 아버님께서 진심 어린 덕담을 듣겠습

니다."

응?

"이번에는 신랑 아버님께서 진심 어린 덕담을 듣겠습니다."

호오?

문장의 앞뒤 호응이 맞지 않는 말을 들었을 때, 나의 두뇌 회로는 잠시 멈춰 선다. 아무런 예고 없이 과속방지턱을 맞닥뜨린 자동차처럼 일순간 충격을 받고 덜컹댄다. '가만있어 봐. 뭔가 이상한데. 뭐지, 아! 아! 사회자님! 그거 틀렸어요. 사회자님?'

일요일

콜록콜록. 어김없이 카페에 혼자 앉아 밭은기침을 해댔다.

"따뜻한 물 한 잔 드릴까요?"

점원이 조용히 다가와 내게 물었다. 정직한 눈동자가 진심을 전해왔다. 내가 감기에 걸린 줄은 또 어떻게 알고……. 요즘 내가 대센가? 허튼 생각은 두뇌를 쉬게 해주는 데 좋다. 긴장을 풀어주는 거다. 은근한 보살핌을 받는 느낌. 고마웠다.

뭐라도 보답을 하고 싶었지만 가진 게 마땅치 않았다. 잔을 가져다주며 고마웠다고 말을 건네 볼까. 괜히 오해 사는 거 아냐? 작업을 건다고 생각한다거나······. "저 남자친구 있어요."라고 하면 어쩌지? 그럼 "전 아내가 있어요."라고 해야 하나. 그럴 리가. 생각이 너무 많다. 점원은 단순히 친절을 베푼 것뿐인데. 나 혼자 오만 상상을 다 하고 앉아있다.

아깐 감사했어요. 이 한마디 건네기가 이렇게 어렵다니. 속이 다 터진다.

월요일

온종일 비가 내렸다. 오랜만에 대지를 적시는 비를 보니 반가움 반 적적함 반. 아무튼 그랬다. 요 며칠간 한반도를 뒤덮은 미세먼지가 오늘 내린 비 덕분에 깨끗이 씻겨 나갔다고 했다. 기쁜 소식이지만, 그 많던 먼지는 다 어디로 가버린 걸까.

몇 년 전부터 아침에 일어나면 먼저 대기지수부터

확인한다. 미세먼지 매우 나쁨. 초미세먼지 매우 나쁨. 어김없이 마스크를 꺼내 쓴다. 그런 날에는 마음도 덩달아 어두워진다. 한껏 기가 죽은 채로 집을 나선다. 그냥 왠지 쓸쓸하고 우울하다. 끝도 없이 올라가는 미세먼지 수치. 권고치 초과. 잿빛 하늘. 으악. 인정하고 싶지 않다. 저게 하늘이라고? 한데 거리의 사람들은 대부분 마스크를 쓰지 않았다. 도대체 왜 다들 안 쓰는 거야? 나만 과민반응하는 거야? 정말 그런 건가?

화요일

"두 분은 어떻게 만나셨어요?"

아내와 함께 나간 식사자리였다. 처음 만난 여성 분이 살갑게 물어오셨다. 그날 밤, 잠자리에 누워 생각했다. 뭔가를 물어봐 준다는 건 정말 멋진 일이구나. 나를 잠시 들어 올려주는 기분이랄까. 내내 두 발을 땅에 딛고 있었건만. 고마웠다. 어릴 적 아버지 어깨에 목마 탄 기억이 새록새록 되살아났다. 잠깐 동안이나마 하늘에 붕 뜨는 기분. 칭찬을 해주는 사람보다 넌지시 뭐든 물어봐 주는 사람이 좋다.

칭찬은 중요치 않다. 어디서든 열 번의 칭찬을 듣는다면 또 다른 이로부터 열 번의 비난이 있었을 거란 생각이 들어서다. 그런 이유에서인지 날이 갈수록 칭찬이든 비난이든 개의치 않게 되었다. 만 원짜리를 앞에 놓고 이러는 거다. 넌 100만 원짜리 수표야. 아니, 20원짜리야. 그럴 땐 한마디 해주고 싶다. 맷돌 손잡이를 뭐라고 하는지 아세요? 그 손잡이가 없을 때 하는 말도 아시죠?

아님 말고, 식의 화법도 치명적이다. 에이 했네 했어, 같은 억지소리는 때때로 집으로 향하는 발걸음을 더 황량하게 만든다. 어떻게 그런 말을 아무렇지 않게 할 수 있을까. 굳이 아니라는 사람을 몰아가서 얼굴 붉히게 만들어 놓고는. 저희들끼리 희희낙락거리는 꼴이란.

속이 매스꺼워 체할 뻔한 적도 있다. 여럿이서 한 사람 놀려 먹는 걸 어찌나 좋아하는지. 회식 한 번에 피해자 한 명, 여러 웃음과 한 명의 속앓이. 그걸 지켜보는 나의 번뇌까지. 이 정도면 청와대에서 억지소리 전담 특감반을 꾸려야 하는 것 아닌가 싶다. 한 개인의 극심한 스트레스는 사회적으로도 큰 위험을 낳는다. 정서 불안이 낳을 수 있는 온갖 비극들을 우리는 매일같이 목도하고 있다. 그야말로 우범사회다.

수요일

"이제 네 얘기나 들어보자. 나만 잔뜩 떠들었네. 나 이제 입 아파. 너도 얘기 좀 해봐."

한참을 자기 얘기만 늘어놓더니 양손으로 눈을 비볐다. 눈도 아프고 머리도 지끈지끈하다는 듯. 두세 시간을 떠들었으니 그럴 만하다. 중간중간 적당한 추임새를 넣어가며 그 긴 시간을 귀 봉사하듯 들어왔는데, 이제 와서 멍석을 깔아주겠다고? 내가 무슨 달리기 선순가. 요이 땅 하면 잔말 말고 달려나가야 하나. 그렇게 팔짱 끼고 뒤로 기대앉아 정색하고 있으면서. 정말 말이 술술 나올 거라고 생각해? 에이 설마, 진심이야?

흔히 대화는 탁구에 비교된다. 핑퐁. 티키타카. 저이와 보낸 시간은 분명 제외다. 일방적인 재잘거림이 있었을 뿐이다. 기왕 마주했으니 요청을 들어줄까 싶어 모처럼 이야기를 꺼내자 한 10초 듣는가 싶더니 어느새 지루한 표정을 지었다. 30초가 넘어가니 다시 양손으로 눈을 비볐다. 1분 경과. 도로 아미타불이다. 다시 자기 얘기를 주저리주저리 끄집어냈다. 으응? 하면서도 나는 입을 닫았다. 오늘 대화는 물 건너갔구나. 체념했다.

목요일

내 휴대폰은 웬만해서는 울리질 않는다. 자기가 법정스님인 줄 아는지, 녀석의 취미는 *끝없는 침묵*이다. 마음에 쏙 든다.

가끔 다른 사람의 휴대폰이 눈에 들어올 때가 있다. 새빨간 알림 수백 개가 잔뜩 쌓여있기 일쑤다. 그때마다 입이 안 다물어진다. 저렇게나 많다고? 4명부터 시작해 12명, 70명, 심지어 200명이 넘는 단체 대화방이 수두룩 *빽빽*. 대체 얼마나 많은 곳에 소속되어 있는 거지? 묻고 싶다. 그 많은 사람들과 일일이 연락하고 있다고요? 피곤하진 않으세요? 정말 괜찮으세요? 가능한 일인가 싶어서다. 도무지 나란 사람은 그게 가능하지 않아서. 놀라움 반 거리감 반으로 그를 다시 쳐다본다. 멀리 떨어져 앉아있는 사람처럼 낯설다.

나는 단체 대화방이 편하지 않다. 가족 모임 정도가 전부다. 물론 일시적으로 초대받게 되는 곳도 있지만 일이 끝나면 방에서 나간다. 예외는 없다. 마치 콘센트를 뽑듯, 오래 있을 곳이 아니다 싶으면 과감히 지운다. 뭔가 더 있겠지 하며 꾸물대지 않는다. 그런 순간에는 냉정하고 확고하다.

휴대폰 알림 메시지도 그냥 두질 않는다. 새로 온 메일이나 소프트웨어 업데이트 같은 것들. 알림이 뜨면 반드시 그때그때 읽고 지운다.

물건 한 개, 사람 한 명, 생각 하나. 이 모든 게 어떤 형태로든 근심 한 움큼씩을 데리고 온다고 믿는 편이다. 인연이 다했다 싶으면 보낸다. 아주 쌀쌀맞다. 그래야 겨우 평정심을 되찾을 수 있다. 그렇지 않으면 몸이 달아 산을 뛰어다녀야만 한다.

대학교 몇 학년 때였을까. 〈씨네21〉 김혜리 기자의 인터뷰집이었던 걸로 기억한다. 어느 중년 배우의 대답이 나를 사로잡고 한동안 놓아주지 않았다. 나이 든 어머니를 떠나보내고 그가 깨달은 한 가지. "다 지나가 버리는구나. 어머니도, *심지어 나의 어머니마저도*, 지나가는 거였구나." 이 말을 받들어 흘러가는 것은 흘러가는 대로 두었다. 썩 나쁘지 않았다.

뜬금포

　나는 어느 쪽이냐 하면, 허벅지가 튼튼해야 한다는 쪽이다.

　삐쩍 마른 사람들을 볼 때마다 걱정부터 앞선다. 저분들은 나이 들면 어쩌려나. 허벅지가 굵어야 사람이 건강한데. 뭔 참견이냐고 한다면 할 말이 없지만, 오랜 수험생활 동안 자주 들어온 공부 비결이 있다. 두뇌 회전은 허벅지 근육과 직결된다는 것. 그 때문인지 나는 책상에 앉으면 수시로 허벅지를 쓰다듬는다. 거기 잘 있는

지, 혹시 홀쭉해지진 않았는지 점검하는 차원에서 만져
본다. 듬직하다. 변태 같다.

　예민한 사람들은 유독 삐쩍 마른 경우가 많다고들
한다. 신경이 곤두서 있고 늘 긴장해 있어서 살이 붙질
않는 걸까. 가끔 나뭇가지 같은 남자들을 마주치곤 한
다. 그 앞에 서면 왠지 모르게 서늘하다. 찬바람이 불어
오는 겨울 들판 같다고나 할까. 농담 하나라도 잘못 던
지면 안 될 것 같다. 그 자리에 곧장 주저앉아 버릴 것
같다.

　오늘도 나는 모든 허벅지의 건강을 기원한다. 그렇
다고 달라지는 건 하나 없겠지만.

요즘

취미

"요새 뭐 재밌는 일 없냐? 재밌는 얘기 좀 해봐."

대뜸 이런 말부터 꺼내는 남자들, 나이가 들수록 많아진다. 다들 어지간히도 재미없게 살고 있나 보다. 난 별일 없이 사는데 넌 얼마나 재미있게 지내는지 들어나 보자, 하며 빈정거리는 말투다. 왜들 이러실까. 권태를 견디지 못하는 걸까. 아무 일 없이 편안히 지내는 게 얼마나 소중한 건데. 다들 정말 배가 불렀다. 이런 경우를 두고 아버지께서는 늘 한소리 하셨다. "호강에 겨워 요강에 똥 싸는 소리 하고 앉아있네!" 아니면 정말 별 뜻 없이 아무 말이나 던져보는 건가. 밥은 먹고 다니냐 같은 안부 인사인가?

"뭐, 저도 늘 똑같죠."

내 대답은 왠지 기대를 충족시키지 못한 것 같아 내심 미안해진다. 머리를 굴리고 굴려 최근의 일 하나를 끄집어낸다.

"개인 방송 시작했어요."

"뭐, 네가?"

몸을 벌떡 일으키며 잡아먹을 듯 달려든다.

"아니요, 제 친구가요."

상대는 실망한 얼굴로 다시 의자에 기대앉는다.

"뭐에 관한 건데?"

내가 들어보고 가능성이 있나 없나 판단해 줄게, 라는 태도다. 인터넷 댓글 창에나 현실 세계에나 자칭 전문가들 천지다. 내가 이미 해봤는데, 내 친구가 그거 하고 있는데……. 다들 아는 게 정말 많다. 신기할 따름이다.

"친구 일이라 함부로 이야기하기가……."

"야, 뭐 어때. 우린 어디 가서 얘기할 데도 없어. 말해

봐. 먼저 궁금하게 만들어 놓고 그러기냐."

"그래도……."

"아 이 자식, 답답하네."

빙고. 일부러 답답하게 만들기. 그게 요즘 내가 즐기는 '재밌는 일'이라는 건 모르겠지?

"내 살아보니까 인생 별거 없더라."

"맞다. 별거 있나. 그냥 즐기면서 사는 거지. 인생 한 번이다."

그런 말들, 다들 아무렇지 않게 하는 그 말들 앞에서 나는 혼자 서성인다. 별거 없기는 왜 없대? 널리고 널렸는데.

죄송합니다

가끔 죄송하다는 말이 입에서 나오지 않을 때가 있

다. 그런 마음이 없어서가 아니라 단순히 '죄송'이라는 단어 때문이다. 미안합니다, 하고 담담하게 말하는 것이 더 자연스럽게 느껴진다. 죄송하다고 말하고 나면 상대방을 극진히 모시는 기분이 들기 때문인데, 속뜻을 알고 난 후에는 그 말 꺼내기가 더 거북스럽다. 죄스럽고 송구합니다. 응? 그토록 거창한 의미인 줄 알았더라면 어려서부터 가려 썼을 텐데…….

감사합니다

고맙습니다. 감사합니다. 두 말의 촉감도 조금 다르게 다가온다. 고맙다는 말이 더 가깝고 포근하다고 할까. 난생처음 들어간 식당에서 호의를 받고 나면 감사합니다, 하는 말이 불쑥 나오겠지만 자주 가는 단골 빵집에서는 자연스레 고맙습니다, 하고 말을 건넨다. 작은 차이일 뿐이지만 그 한마디 말이 타인과 나 사이의 거리를 가늠케 한다.

절대

'절대'라는 표현은 피한다. 사람들이 쉽게 내던지는

말, 절대 안 돼! 그 말을 입에 담아본 지도 꽤 오래되었다. 너무 타인을 옥죄려는 말 같아서 입에 붙이지 않는다. 한 번쯤 짚고 넘어가야 할 게 생긴 날이라도, 다음부터는 그러지 말아 줄래? 하고 기어이 말끝을 올리고 만다.

영원히

간질간질해서 못 쓰겠다. 우리는 길어야 100년 남짓 살다가는 존재들인데…….

말이 좀

빠
르
시
네

택시만 탔다 하면 미터기에서 눈을 떼지 못하던 때가 있었다. 학생 시절 택시를 타는 일은 1년에 몇 번 있을까 말까한 일이었고 100원 200원 아끼던 때라 그랬다. 요금 올라가는 속도에 가슴이 칠렁철렁 흔들렸다. "저기요, 기사님. 요금이 저렇게 빨리 올라가는 게 정상인가요?" 묻고 싶었다. 입 밖으로 꺼낸 적은 없지만.

몇 년 전까지만 해도 미터기에는 말 모양의 홀로그

램이 더러 있었다. 그 말은 또 왜 그렇게나 빠른지. 마치 사막 위를 내달리는 치타나 톰슨가젤처럼 마구잡이로 달려나가는데……. 그보다 더한 공포도 있었다. 신호에 걸려 말이 멈춰있는데도 요금이 찔끔찔끔 올라간다는 것! 처음 그 사실을 발견했을 땐 소리를 지를 뻔했다.

"기사님! 기계가 고장 났나 봐요! 차가 멈춰있는데도 요금이 올라가네요!"

……. 아주 어릴 때였다. 지금은 그러지 않는다. 당연히 그래야 한다고 생각한다. 신호 대기 시간도 엄연히 운행에 포함되니까. 요즘은 그냥 아주 잠깐씩, 힐끔힐끔 미터기를 훔쳐볼 뿐이다.

한 달에

한 번

난 매일 손꼽아 기다려. 한 달에 한 번 그댈 보는 날. 가난한 내 마음을 가득히 채워줘. 눈 깜짝하면 사라지지만.

스텔라장의 〈월급은 통장을 스칠 뿐〉. 정말 내 얘기였다. 들어왔다 나가고, 또 들어왔다 하면 나가고. 으악! 이 노래를 듣고 자산관리를 새로 하게 됐다.

참지 못해 입출금통장을 먼저 손보았다. 제1금융권 은행 대부분은 자유 입출금통장의 금리가 0.1퍼센트에 그치지만 인터넷은행 두 곳은 제1금융권임에도 남길 금액 설정 시 금리가 그 열 배에 달했다. 예·적금도 풍차 돌리기를 하듯 여러 통장을 개설했다. 금리가 높으면 월 납입한도가 낮기 마련이라 득실을 잘 따져보고 최적의 상품들로 가입했다. 투자는 젬병이니 우선 월급의 절반 이상을 저축하기로 했다.

그다음은 카드 재설계. 연말정산 황금비율을 고려하여 과세표준 소득액에 따라 신용카드와 체크카드의 사용 비율을 조정했다. 신용카드의 혜택은 크게 마일리지 적립과 청구할인 혜택이 있으므로 본인의 소비습관과 목적에 맞춰 현명하게 결정하는 게 좋다. 연말정산 때 소득공제 혜택이 있는 주택청약종합저축과 세액공제 혜택을 받는 개인퇴직연금IRP도 따로 들어 허망하게 세금을 뱉어내는 일이 없도록 미리 대비했다.

보험도 실비와 보장성 상품을 나누었다. 실비는 갱

신형밖에 없지만 보장성은 비갱신형을 선택할 수 있다. 보장 범위를 정확히 파악하는 게 중요한데, 예를 들어 심장질환 중 급성심근경색일 경우에만 진단비가 지급되도록 되어있다면 계약 변경이 시급하다. 급성심근경색은 발병률이 극히 낮으므로 그보다 범위를 넓혀 허혈성심장질환 모두가 보장되는 상품으로 바꾸는 게 좋다. 3대 질병인 심장, 뇌, 암 모두 이 같은 검토가 필요하다. 만 30세까지는 어린이보험에 가입할 수 있으므로 빨리 준비할수록 보험료는 상대적으로 저렴하다.

보험료, 인터넷요금, 주거 관리비, 도시가스비 등 매월 고정적으로 지출되는 비용들은 단순 자동이체가 아니라 카드 실적에 잡힐 수 있도록 카드 납부로 다 바꾸었다. 이 모든 걸 마무리 짓기까지 약 한 달이 걸렸지만 한번 기틀을 잡아두는 게 중요하다고 생각돼 애를 썼다.

이렇게 깍쟁이 기질은 점점 발동이 걸렸고 그 여파는 아버지, 어머니, 누나, 장인·장모님, 처남에게까지 퍼져나가는데……

언제쯤에야 자유로울 수 있나. 무한한 이 속박으로부
터……

-스텔라장, <월급은 통장을 스칠뿐> 중에서

고독한

깍쟁이

다들 그렇게나 많이 한다는 면세점 쇼핑. 난 여태 한 번도 해본 적이 없다. 면세점이나 백화점은 나와 거리가 멀다. 기껏 해봐야 지하 식품 코너에서 군것질 두세 번이 전부다. 그것도 백화점 폐장 시간에 맞춰 타임세일을 활용했다. 그렇지 않으면 너무 비싸 살 엄두가 나지 않는다.

특가. 늘 내 눈을 사로잡는 단어다. 나의 웬만한 소비는 모두 할인 가격, 반짝 특가, 이월 상품 등에 집중되어 있다. 마트에 가도 알뜰 할인 판매대를 먼저 가게 된다. 그곳에서 멀쩡해 보이는 블루베리를 발견한 날이면 집으로 돌아가는 발걸음이 한결 가볍다. 왠지 뭔가를 해낸 것만 같은 기분. 뭘 해냈는지는 잘 모르겠지만.

해외 직구도 빼놓을 수 없다. 조금의 수고로움만 감수하면 같은 제품을 국내 가격의 절반으로 살 수 있다. 한국의 터무니없는 가격들이 직구를 부추기는 주된 원인이긴 하지만 그뿐만이 아니다. 똑같은 비누라도 판매 국가에 따라 원재료가 판이하게 달라지고 초콜릿이라고 해서 다 같은 초콜릿도 아니다. 카카오 함량, 식물성 유지의 사용 기준은 나라마다 너무나 다르다. 화학첨가물 하나 없이 훌륭한 맛을 내는 유기농 외국 과자들은 또 어찌나 많은지…….

아껴야지, 돈 모아야지, 헛돈 쓰면 안 돼지! 그러다 정신 차려보면 어느새 또 문자가 와있다. '택배 문 앞에 놓아 드렸습니다.' 아싸!

......

잠시 혼자 있고 싶다.

필—이

꽂혀 가지 구

지금 생각해 보면 참 이해할 수 없는 것들이 많이도 있었다. 인생의 어느 한 시기에, 나의 발목을 붙잡고 놓아주지 않는 무언가가.

*

안경. 몇 년 전 라식 수술을 하기 전까지만 해도 안경은 내 애증의 집합체였다. 사물과 세상을 선명히 보게 해주는 신통방통한 물건이지만, 안 그래도 볼품없는 나의 외모를 한없이 애매하게 만들어 주는 기막힌 요물이기도 했다. '아, 뭔가 애매한데.' 얼굴을 좌우로 돌려가며 한숨을 푹푹 쉬어댔다.

물론 내가 안경을 쓰든 안 쓰든 남들은 별 관심도 없을 테지만, 내 눈에는 그게 그렇게나 달라 보였다. 해서 책을 읽을 때나 공부를 할 때는 안경을 썼고 누군가를 만나러 나갈 적에는 웬만하면 안경을 벗어두고 나섰다. 흐릿하게 보이는 세상에 눈살 찌푸려지는 날이 태반이었어도 그런 건 중요하지 않았다. 그리고 이건 비밀인데……. 내가 아는 사람 중에는 여전히, 사람을 만날 때는 쓰던 안경을 벗고 나오는 이들이 꽤 된다. 대부분 남자다. 아니, 사실은 모두.

*

거울. 난 내가 어떻게 생겼는지 잘 알고 있는데도 왜 자꾸 거울을 쳐다보는 걸까? 하루에만 해도 수십 번은 보는 것 같다. 화장실에서, 사무실에 걸린 액자 앞에서, 때로는 휴대폰 액정을 가까이 갖다 대며 얼굴을 요리조리 뜯어본다. 내 모습이 조금이라도 비치면 그게 무엇이든 들여다보려 용을 쓴다. 샤프의 납작한 면에 조명 빛을 반사시켜 볼이나 턱을 비춰보고, 손목시계에 눈동자가 비치면 시곗바늘에는 관심도 없고 동공만 쳐다본다. 정류장에서 버스를 기다릴 때는 광고판 앞에 똑바로 서서 아래위를 훑는다. 오늘 나 어때? 하고 광고판에 흐릿하게 비쳐오는 나에게 묻는다. 아, 괜히 말했다…….

내가 가장 선호하는 반사거울은 지하철이 내달릴 때 드러나는 검은색 창문이다. 그 어두운 표면에 비친 내 모습이 마음에 든다. 잡티는 완전히 가려주고 뭔가 흐릿하면서도 선은 분명히 드러내 주니까. 명암대비가 훌륭한 흑백 사진처럼 느껴진다. 해서 지하철에 탈 때면 여닫이문 바로 앞쪽보다는 사람들이 앉은 좌석 앞에 우두커니 서서 검은 창만 하염없이 바라보고 서 있다. (나만 그런가?) 가방에서 책을 꺼내기 어려울 만큼 사람들이 가득 찬 날이라면 더더욱 그곳만 응시한다. 흐음, 생각보다 괜찮은데? 하고서.

자동차도 제법이다. 주차된 차량 옆을 지나 걸어갈 때는 꼭 한 번씩 스윽 차창에 비친 나를 확인한다. '으음. 좋았어!' 외치고 씩씩하게 걸어 나간다. 집을 나설 때 확인한 밝은 거울 앞에서는 오늘도 무참히 시무룩했으니, 그렇게라도 균형을 찾으려 한다.

그런데 사실, 자동차는 마냥 좋아할 수 없다. 조수석에 앉게 되면 눈앞에 있는 햇빛 가림막을 내려보자. 거기 숨어있는 거울을 똑바로 마주하면, 누구든 그 거울을 싫어할 수밖에 없을걸?

한번은 신장개업한 미용실에 갔다가 눈을 질끈 감았다. 이 우스꽝스러운 사람은 누구지? 아, 나구나. 시술이 끝날 때까지 눈을 뜨고 싶지 않았다. 어쩜 그렇게나 선명하고 사실적인 거울이 놓여있던지……. 아직 어떤 덧칠 혹은 마무리를 하지 않은 유리인가? 깜짝 놀라 발가락이 움츠러들었다. 초조하게 엄지손톱으로 검지를 푹푹 찔러댔다. 눈앞에 적나라하게 드러난 진실을 가려버리고 싶었다. 제발.

—

아, 쓰고 보니……. 얼굴일까요? 제 발목을 붙잡고
있는 건.

그냥,

아무거나요?

"그냥 아무거나 해, 아무거나."

네? 제 사전에는 그런 단어가 등재되어 있지 않은데요.

*

스승의 날이었다. J교수의 조교로 일하고 있던 나는 지도모임 학생들의 돈을 걷어 선물을 마련해야 했다. 다들 아무거나 되는 대로 골라 오라며 홍삼, 커피, 차 세트처럼 판에 박힌 부류의 것들을 언급했다.

나는 아무거나 할 바에야 차라리 상품권을 드리는 게 낫다고 생각했다. 이왕 내가 도맡아 준비하기로 했으니 품이 들더라도 정말 J교수에 알맞은, 그분이 미처 생각하지는 못했지만 막상 생기고 나면 아주 좋아할 만한 무언가를 드리고 싶었다. 다만 비싼 건 안 된다. 학생들이 돈을 모아 무언가를 사서 건네는 관행 자체가 탐탁지 않았기에 과하게 하고 싶진 않았다.

한 사람당 3000원씩 내도록 했다. 모인 돈은 3만 원이 채 되지 않았다.

J교수는 숫기 없는 성격이었다. 천생 학자라고 불리는 분으로 아주 조용히 집과 학교만을 오고 다녔다. 학생들에게 늘 말을 높였고 마치 자기 존재 자체가 타인에게 폐가 된다는 듯 자주 고개를 숙이며 송구스러워했다.

그의 연구실은 온갖 책들이 산을 이루고 있었다. 일어, 독어, 영어 원서들이 가득했고 책을 아주 소중히 여기는지 어느 것 하나 버리거나 되팔지 못했다. 나는 연구실에 들어설 때마다 J교수의 행동을 유심히 살폈다. 그는 책에 내려앉는 먼지가 신경 쓰이는지 자주 책을 뒤적거리며 양손에 책더미를 들고 서있었다. 그래, 이거다!

책을 아끼는 그에게 서가의 먼지를 털어내는 조그만 빗자루를 선물하는 게 어떨까? 평소 눈여겨 봐둔 소품 가게에 가보았다. 예쁘장하니 눈길을 끄는 타조 날개 먼지떨이도 있었지만 내 발길이 향하는 곳은 따로 있었다. 우리 고유의 멋이 배어 나오는 지푸라기 비 앞에 멈춰 섰다.

빗자루라고 부르기에는 그 크기가 손바닥만큼 작았다. 전통 다기 세트에 포함된 양호붓 느낌도 나 제법 귀여웠다. 지푸라기 하나로만 이루어진 듯 보이는 그 소박함에 마음이 동했고 볏짚 장인이 만든 제품이라 적혀있어 더 신뢰가 갔다. 조촐하게 포장을 해 가게를 나섰다.

*

스승의 날 당일, 우리는 강의실 한곳에 모여 앉아 배달 온 도시락을 먹으며 도란도란 이야기를 나눴다.

"교수님, 등산 좋아하시나 봐요." 맞은편에 앉아 식

사를 하던 학생이 물었다. J교수는 입을 가리며 웃었다. 수줍어하고 멋쩍어했다. 곁에 올려둔 등산 모자가 부끄러웠는지 모자를 살포시 움켜잡아 자기 쪽으로 당겼다.

"40대가 되면요. 입을 게 등산복밖에 없어요. 주말에 북한산 등산로 입구에 가보면 사람들 잔뜩 모여있잖아요? 그게 등산을 유난히 좋아해서 그러는 게 아니고요. 40대가 되면 등산 말고는 딱히 할 게 없어서 그래요." 우리는 다 같이 크게 웃었다.

모두가 웃는 그 틈을 타 나는 옆에 놓아두었던 선물 꾸러미를 책상에 올려놓으며 말했다. "교수님, 저희가 마음 맞춰서 준비했습니다."

J교수는 몸 둘 바를 몰라하며 의자에서 엉덩이를 떼고 일어나 허리를 숙였다. "아이고. 이런 건 준비하지 않으셔도 되는데요. 정말로요……."

하나둘 학생들이 아우성을 쳤다.

"에이 아니에요, 교수님. 지금 열어 보세요."

"오늘이 스승의 날이잖아요."

그들의 성화에 못 이겨 J교수는 허둥지둥 선물 포장을 풀었다. 모두의 시선이 자신에게 집중되어서인지 그는 꽤 긴장돼 보였다. 바스락거리는 소리를 내며 포장지가 다 열려갈 때쯤 내가 말을 덧붙였다. "교수님께서 책을 아끼시는 것 같아서요. 책에 쌓이는 먼지 털어주는 지푸라기 비예요."

모처럼 J교수는 눈을 크게 떠 나를 바라보았다. "비요?" 이리저리 빗을 돌려가며 살펴보던 그는 이내 한 손으로 손잡이를 잡고 흔들어댔다. "이렇게 하는 건가요? 자그마하니 예쁘네요."

"네, 책상 위에 쌓이는 먼지쯤은 살랑살랑 잘 쓸어내줄 거예요." J교수가 좋아하는 내색을 보이자 마음이 놓였다.

"우와. 이런 건 어디서 구하셨어요?" 한 학생이 책상 앞으로 몸을 내밀며 물었다. "아기자기한 거 좋아하시나 봐요."

"아, 사실 저도 이런 거 하나 갖고 싶었거든요. 교수님, 연구실에 원서가 많던데 보통 어디서 구하세요?" 대화의 중심이 나에게 쏠리지 않도록 J교수에게 다시 질문을 던졌다. 책을 좋아하는 분이니 책에 관해서라면 할 얘기가 많을 거라 생각했다. "아, 그 책들이요. 우리나라에선 구하기 힘들기도 하고 가격도 비싸서요. 주로 외국 사이트에서 직접 주문해요. 어떤 건 오는 데 한 달이 걸리기도 하지만요. 그걸 기다리는 재미가 또 있거든요."

J교수가 비를 놓고 본격적으로 이야기 삼매경에 빠져들려 하자 학생들은 한 명씩 비를 옆으로 건네가며 내가 준비한 선물을 살펴보았다. "신박하네." 내게 아무거나 사오라고 했던 선배도 한마디 거들었다. 나는 못 들은 척 J교수에게만 관심을 쏟았다.

"아마존 아시죠? 요즘 아마존에서 한국까지 배송비가 만 원도 안 해요." 몇몇 학생들은 '또 그 얘기야?' 하는 표정을 지었다. 금세 공간의 분위기는 둘로 나뉘듯 갈라졌다. J교수의 이야기를 듣는 사람은 그 바로 옆에 앉은 나와 두어 명의 학생들이 전부였다. 보이지 않는 칸막이가 설치된 것 마냥 두 집단은 서로에게 아무런 관심이 없었고 완전히 다른 이야기를 주고받기 시작했다.

그렇게 얼마나 있었을까. 한동안 잠자코 이야기를 듣던 내게 J교수가 말을 건넸다. "조교님, 다음부터 선물은 따로 준비하지 않으셔도 돼요. 그냥 이렇게 모여서 밥 한 끼 먹으면 되지 않을까요?" 그 말을 들은 나는 속으로 생각했다. 그냥, 이렇게, 밥 한 끼라고요?

그들의

속
마
음

나는 말 한마디도 흘려듣지를 않아서, 욕설은 정말이지 그냥 넘기질 못한다.

＊

어려서는 욕을 많이 했다. 친구들과 경쟁하듯 신박한 욕을 만들어댔다. 새 학기를 맞아 가지런히 책꽂이에 꽂힌 공책들은 하루가 멀다하고 시커멓게 변해갔다. 공

책 안에서 온갖 희귀한 말들이 축제를 벌였다.

"내가 더 세!"
"아니거든. 내가 더 입에 착 감기거든!"
"무슨 말씀. 발음으로 보나 뜻으로 보나 내가 제일이지. 에헴."

마치 겨루기를 하듯 서로의 상스러움을 자랑해댔다. 좋을 게 없다는 걸 알면서도 욕을 입에 달고 살았다.

거리에서, 또 다른 곳에서, 어렸던 나와 닮아있는 아이들을 본다. 그 모습이 귀여우면서도 애잔하다. 욕을 하는 것 말고는 다른 방도가 없어서 그러는 것 아닐까. 소리 없이 자신을 지키는 법을 아직 몰라서, 감정을 제어하는 법도 알지 못해서 대뜸 아무 말이나 내지르고 보는 것 아닐까. 금세 자기 바닥이 드러난다는 건 모르고.

욕하는 사람 대부분은 강해 보이고 싶어 한다. 아무것도 거리낄 게 없다는 듯 센 척을 한다. 하지만 모두 가

짜다. 그들은 강하지도 세지도 않다. 그저 마음이 가난할 뿐이다. 그 속마음은 사실 이런 것 아닐까.

"아무도 나를 알아주지 않아. 내 진가를 다들 몰라준다고. 그러니까 나는 욕이라도 해야 해. 내 말에 귀 기울이게 만들어야 한다고. 충격 요법일 뿐이야. 욕을 하면 내 말을 듣게 될 거야."

어른들도 마찬가지다. 백이면 백 나약한 사람들이다. 객기 부리느라 그 삶이 얼마나 고단할까. 사랑받지 못하고 인정받지 못하는 그 처지가 얼마나 외로울까.

남남 직행열차에 탑승하신 것을

환
영
합
니
다

"축의금이요? 다 갚아야 하는 거죠 뭐. 빚이에요."

J는 이 말에 큰 실망감을 느꼈다고 말했다. 받는 사람의 마음은 그럴지 모르나, 주는 사람의 마음은 그게 아니라고 울분을 토해냈다. "내가 할 수 있는 최선의 것을 내어주는 거예요. 그걸 돌려받겠다는 생각으로 주는 사람이 누가 있겠어요? 내가 결혼을 언제 할 수 있을지, 할지 말지도 모르는데. 게다가 그 사람과의 관계가 언제 틀어질지도 모르잖아요. 안 그래요?" 과연 그랬다.

결혼을 하게 되면, 그러니까 그 요란한 예식 당일을 보내고 나면 대개는 축의금 정산을 하게 된다. 뒷동산 등반으로 식을 대신한 이들이라면 모를까. 대부분의 경우 부모의 씨앗을 거두기 위해서라도 보통의 예식을 올릴 수밖에 없다. 보통의 혼주라면 꼼꼼한 명단 작성은 필수다. 이 사람을 부를지 말지 고민하는 시간 동안, 우리는 지난 삶을 돌아보게 된다.

'이 친구는 분명 올 거야. 두말할 것도 없지 뭐.'

'얘는 진짜 부르기 싫은데…… 알리지 않을 수도 없고 참. 난처하네.'

초대하고 싶지 않은 사람이라도 직장 동료라면, 거기다 같은 사무실 옆자리라면, 울며 겨자 먹는 셈 치고 청첩장을 줄 수밖에 없다. 신혼 여행을 다녀오겠다고 회사에 알려야 하니까. 식장 앞에 서서 사람들과 인사를 나누고 있는 동안에는 종종 이런 생각도 들었다. 걔는 왜 안 오지? 분명 올 때가 됐는데…….

서로를 향한 마음의 크기는 과연 액수의 고하로 가늠될 수 있을까. 그런 생각을 한다는 것 자체가 천박한

셈법인 걸까. 아니면 인지상정인 걸까. 손편지와 함께 30만 원을 건네고 간 친구와 마지못해 5만 원을 놓고 급하게 자리를 뜬 사람을 똑같이 대할 수 있을까. 방명록에는 이름이 있지만, 축의 명단에는 없는 사람은? 봉투 도둑이 강림하사 그 사람 것만 훔쳐간 걸까. 아니면 정말 마실 나오듯 놀러와 간만에 동기생들 얼굴이나 보고 간 걸까. 나는 직접 찾아가 인사를 전하고 10만 원을 건넸건만 상대가 내 결혼식에 오지도 않을뿐더러 축의도 하지 않는다면? 남남 직행열차에 오신 걸 환영합니다.

친구에서 남남으로, 님에서 남으로 변해가는 길목에 서서 생각에 잠길 때가 많았다. '어쩌다 이렇게 됐을까. 개랑은 더 이상 연락이 안 되네. 참 친했는데.' 괜스레 슬퍼지는 날도 있었다. 한때 나의 정신적 지주였던 헤르만 헤세의 말을 떠올렸다.

자기만의 고독한 시간에는 모든 것들이 우리를 슬프게 한다. 지난날 젊은 시절에 자기와 가장 가까운 사람을 고통 속으로 몰아넣고 사랑을 거절하고 호의를 무시해

보지 않은 사람이 누가 있으랴. 자기를 위해 마련되었던 행복을 반항과 오만으로 인해 잃어보지 않은 사람이 누가 있으랴.

*

오고 간 봉투보다 더 우리를 옭아매는 건 연락의 빈도다. 결국, 남이 된다는 건 연락을 하지 않는다는 것. 연락이 뜸해질수록 남남 열차는 칙칙폭폭 속도를 높인다.

'왜 매번 내가 먼저 연락해야 하지?'

의문이 드는 순간 열차는 종착역에 가까워진다.

어린 시절 이런 고민이 들 때가 많았다. 하지만 지나고 보니 관계 정리는 역시 시간의 몫이었다. 서로가 무엇을 얼마나 주고받았든 함께 갈 사람이라면 쭉 이어졌고, 그렇지 않은 인연은 언제 친하게 지냈나 싶을 정도로 소원한 사이가 되었다.

나이가 들수록 연락을 하고 지내는 사람의 숫자가 급격히 줄어만 간다. 대학생 때야 전화번호부에 수백 명, 하루에도 수십 명과 짧은 대화를 주고받았지만 더이상은 아니다. 요즘엔 며칠이 지나도, 그 누구로부터도 연락이 오지 않을 때가 있다.

사람들은 도대체 누구와 연락을 주고받고 있을까? 궁금하다. 분명 누군가와는 연락을 하고 있을 텐데 그 누군가가 누구일까. 나는 아닌 것 같은데…….

랜덤 채팅, 소개팅 어플 사용자가 그렇게나 많은 건 다들 누군가와 연결되고 싶어 하기 때문일 테다. 익명이 보장되는 인터넷 커뮤니티, 블로그, 카페, SNS가 넘쳐나는 것도 인터넷 밖에서는 모두가 혼자여서일까. 세상에 나 혼자만 남겨진 것 같은 기분을 잊기 위해 다들 발버둥 치고 있는 걸까.

결혼을 준비할 때는 그렇게나 많은 사람을 만나고 다니면서도 정작 결혼을 하고 나서는 얼굴 보기 힘든 사람들도 많다. 나도 그랬고 갑동이고 그랬고 영희도 그렇다. 왜인지는 모르겠지만 우리 모두는 오늘도 바쁘다. 백수도 바쁘고 직장인도 바쁘고 아기엄마도 바쁘다. 학창시절 단짝들은 잊혀만 간다. 계절이 변하듯이 저절로

서로가 멀어지고, 가까워지는 건 오직 남남역뿐이다. 그렇지 않은 사람이 누가 있을까. 있기나 할까.

—

고속버스 기사님들은 귀에 이어폰을 꽂은 채 두세 시간씩 누군가와 통화하시던데……. 상대는 누굴까요?

아,

그런
거
가

친구가 갑상선암으로 죽을 고비를 넘겼다.

에이 갑상선암으로? 99퍼센트가 완치된다는 그거? 아니, 아니지. 5년 생존율이 100.2퍼센트라는 그거? 잠깐만. 생존율이 100을 넘길 수가 있다고? 거 참 희한하네.

모르시는 말씀. 친구는 갑상선암 중에서도 희귀 난치성으로 분류되는 암에 걸렸다. 발병률이 전체 갑상선암의 5퍼센트 정도로, 진단 후 수개월 내에 사망할 확률이 극도로 높은 암이다.

갑상선 전체를 떼어내는 수술과 3개월 동안 수차례 항암치료를 견뎌낸 녀석은 목젖 아래 부분에 20센티미터짜리 절개 자국을 보이며 말했다. "시바 내 죽다 살았다. 완치란다."

녀석은 한 달도 채 쉬지 않고 다시 출근을 했다. 너무 이른 거 아닌가? 하면서도 마냥 백수로 지낼 수 없다는 그 마음이 헤아려졌다. 출근한 지 3주가 지나자 녀석은 암울한 몰골을 눈앞에 들이댔다.

요지는 이랬다. 정말, 너무, 끝도 없이 피곤하단다. 나는 답했다. 그러게 간 영양제 챙겨 먹으라니까. 녀석은 소리쳤다. 호르몬이 문제지 간이랑은 아무 상관없다고! 난 즉시 수긍했다. 아, 그런 거가. 긁적긁적.

통화는 한 시간 넘게 이어졌다.(맞다. 친구와 나는 영상통화를 하는 사이다.) 녀석은 일을 그만두냐 마느냐 끝없이 고민했다. 돈을 안 벌면 생활은 어떻게 할 것이며

이다음에 재취업은 또 어떻게 할 것인지 막막해했다. 그렇지만 갑상선을 통째로 떼어냈는데 고작 2주 쉬고 다시 직장생활을 하고 있자니 암이 재발할까 두렵다고 했다. 진단 직후부터 치료를 마칠 때까지 병가란 병가, 연차란 연차는 다 써버렸으니 더 쉴 수가 없었다. 돈만 많았으면 한 1년 푹 쉴 텐데 늘 돈이 문제라고 한숨을 쉬었다. 갑상선암에 걸렸던 연예인 이름을 여럿 이야기하며 그들처럼 여유롭게 쉴 수 있었으면 하고 바랐다. 한참을 떠들더니 건강이 최고라는 둥 말끝을 얼버무렸다.

나는 네가 어떤 선택을 하든 네 편이라고 말했다. 결정에 따른 책임만 온전히 질 줄 알면 그걸로 충분한 것 아니겠냐고. 그만둘 거면 겨울 동안 푹 쉬고 내년 봄에 다시 취업 준비하자. 회사를 계속 다닐 거라면 마음 편하게 먹고 잠 푹 자고 음식 가려 먹자고 말했다. 이렇게 적고 보니 하나마나한 말이었던 게 분명하지만 그 말을 가만히 듣던 녀석은 말없이 잠시 딴 곳을 쳐다보았다. 듣기에 그럴싸한 말이었던 모양이다. 어느 쪽이 됐건 네 마음이 편안한 쪽을 택했으면 한다고 덧붙였다. 그러자 녀석은 기다렸다는 듯 입을 뗐다.

"니 말 한번 잘했다. 지금 문제가 뭔 줄 아나. 어느 쪽을 택하든 졸라 불안하단 거다."

녀석도 참. 그렇다면 다시 한번 곰곰이 생각해 볼게.

＊

불안의 근원은 일이나 취업이나 돈이 아니라 결국 암에 있었다. 조금 더 골똘히 생각해 보니 그 암이라는 걸 나도 앓았었다. 고등학교 시절 눈동자에 종양이 생겼다. 안와 림프종. 희귀병이다. 예나 지금이나 마찬가지다. 구글에 검색해 본다 한들 딱히 뭐가 나오는 게 없는 그런 종류의 병.

림프종이란 혈액암의 일종이다. 혈액과 연관되어 있어 절제술과 같은 수술적 치료는 기대할 수 없고 항암 화학요법이나 방사선 치료 말고는 손 쓸 방법이 딱히 없다.

어느 날 눈이 퉁퉁 붓고 흰자가 벌게졌다. 처음에는

다래끼인 줄로만 알았다. 동네 안과에서 한 달여를 씨름해도 차도가 없자 의사는 대뜸 큰 병원에 가라고 했다. 아하. 한 달 동안 북 치고 장구 치고 다 해본 뒤에야 큰 병원에 가야 한다는 깨달음을 얻으신 건가요. 난 뒤늦게 부산 인제대학교 백병원으로 갔다. 집에서 편도로 한 시간 반이 걸리는 곳이었다.

치료를 받는 날에는 학교 수업을 듣지 못했다. 오전 내 혈액종양내과 침대에 누워 천장만 바라보고 있었다. 얼굴의 다른 부위는 석고 마스크로 다 가리고 한쪽 눈동자만 열어두었다. 그곳에 방사선을 쐬었다. 희미해진 기억에 의하면, 한 소실점으로부터 새빨간 레이저 광선이 눈 안으로 뻗어 들어왔다. 마루타가 된 기분이었다. 이게 뭔가요. 레이저 포인트가 처음 나왔던 어릴 적이 떠올랐다. 우리는 칠판에 무언가를 끄적거리는 선생님의 뒤통수에다가 레이저를 쏴댔다. 어두운 저녁이 오면 널찍한 아파트 벽면에다가도 쏘아보며 누구의 빛이 제일 멀리 가나 겨루었다. 의사는 말했다. 별다른 치료법이 없으니 이것저것 중에 그나마 제일 나은 걸 해보자고. 마루타가 맞구나? 하지만 그 시절 나는 뭐가 어떻게 되어가는 건지 판단하기에 미숙했다. 가족들은 모두 침통한 표정이었고 난 혼자서 어리둥절해하며 모든 걸 감내했다.

학교에는 선글라스를 끼고 다녔다. 순식간에 유명인이 되었다.

"점마는 뭔데 선글라스 끼고 다니노."
"점마 아프단다."
"아 맞나. 어디가 아프다대."
"눈."
"눈이?"

돌이켜 보면 당시 나는 그리 힘들지는 않았다. 마음이 아프지 않았기 때문일까. 몸이 얼마나 아프건 마음이 아프지 않으면 된다. 지금 생각해 보니 정말 그랬다. 방사선을 맞을 때마다 충혈은 가라앉았고 붓기도 수그러들었다. 나아질 것이라는 예감이 분명히 들었고 나는 굳

세게 땅을 디뎠다.

약 반 년의 치료 끝에 완치 판정을 받았다. 그 후 까맣게 잊고 살았다. 그편이 나았다. 말끔히 잊어버리는 것. 그 망각의 혜택을 누려보는 게 어떠냐고 녀석에게도 권했다. 넌 지금 4개월째 암 덩어리에서 한 발짝도 벗어나지 못하고 있는 거라고. 요즘 통화하면서 한 번도 그 얘기를 꺼내지 않은 적이 없다고. 완치 판정 받았으면 이제는 거기서 떠날 때가 된 것 아니냐고 물었다.

녀석은 처음 듣는 이야기인지 어리벙벙한 표정을 지었다. 아마 주변 사람 누구나 엇비슷한 말을 건네고 있지 않았을까.

'그래 얼마나 힘들었어. 피곤하지. 밥 잘 챙겨 먹고. 나도 초음파 검사 한번 해봐야겠다. 야, 갑상선암 쉽게 생각할 게 아니네.'

암. 암. 암은 녀석의 인생 궤적을 단번에 바꿔 놓았으니 커다란 사건인 건 확실하다. 죽음에 대해 죽도록 고민하고 꼭 그만큼 삶에 관하여 고민했을 테니 당연하다.

우리가 죽음과 삶을 같은 선상에 놓고 그 무게를 재어 보는 일은 분명 하나의 사건이다. 하지만 암 투병은 이제 지나가 버린 일이고 돌이킬 수 없는 과거에 불과하기도 하다. 게다가 완치 판정까지 받은 마당에 더 붙들고 늘어질 이유는 없다는 게 나의 믿음이었다. 앞으로 건강에 늘 신경 쓰며 사는 게 좋겠지만 그런 태도는 비단 암 환자들에게만 적용되는 이야기는 아니다. 건강은 누구에게나 중요한 일이니까.

타인이라는 이름의

콘
센
트
뽑
기

사르트르는 말했다.

"지옥, 그것은 타인들이다L'enfer, c'est les autres."

모르긴 몰라도 절반은 맞는 말 같다. 우리에게 커다
란 행복감을 안겨주는 것도 타인이지만 지독한 고통을
선사하는 것도 타인이다. 결국, 타인은 천당과 지옥 둘
다가 아닐까. 다른 누군가에게는 천사일 수도 있는 사람
이 유독 내게는 악마나 다름없는 경우도 있다. 그럴 때
나는 콘센트를 뽑는다.

"걔 때문에 미치겠다니까."

"뭘 어떻게 하길래 그래."

"말도 마. 미친개라니까. 왜 사사건건 나한테만 그러
는지 몰라."

"……그 사람 너한테 중요한 사람 아니지?"

"중요하긴 개뿔. 그냥 직장 동료니까 보는 거지."

"퇴근하면 연락할 일 없지?"

"말이라고 하냐."

"주말에 만날 일도 없지?"

"뭐? 주말에 마주친다는 생각만 해도 토 나온다. 그
만 말해."

"그럼 아예 존재하지 않는 사람이다, 생각해. 네 머
릿속에서라도."

"그게 되냐 너는?"

나는 된다. 오랜 시간 훈련해 온 결과다. 그 사람과
나를 연결하는 콘센트를 아예 뽑아버린다. 마주칠 수밖
에 없는 관계라면 얼굴 볼 때만 애써 응대하고 보지 않
을 때에는 완전히 잊고 지낸다. 마치 이 세상에 없는 사

람인 것처럼.

그 첫 단계는 전화번호 지우기. 우선 번호를 지워야 그 사람의 존재가 없어지기 시작한다. 눈에 보이지 않아야 진짜 없구나, 없어졌구나, 하고 의식하게 된다.

연락처를 지우는 건 상징적인 의미도 크다. 내가 결코 먼저 연락하지 않을 사람이라는 인식을 무의식에 심어놓는 것이다.

뒤에서 욕이라도 잔뜩 해야 직성이 풀리는 사람들이 분명 있겠지만 그건 그것대로 시간 낭비, 에너지 낭비 아닐까. 그런 사람 때문에 허비할 시간은 없다. 그 시간이 정말 *너무* 아깝다.

만인에게 평등한 유일한 것, 우리에게 주어진 시간은 하루 24시간이 전부다. 그런 소중한 시간을 엄한 데쓸 수 있으랴. 낭비는 못 참는다. 나의 세계, 나의 소우주에 불필요한 것들과는 뒤돌아보지 않고 작별한다. 사람이든 물건이든.

두 번째는 그 사람에게 아무런 관심을 두지 않는 것. 출퇴근 시간, 즐겨 찾는 식당과 점심 메뉴처럼 사소한 것뿐만 아니라 말투, 휴대폰, 자동차 등 그와 관련된 것이라면 그 어떤 것도 기억하지 않으려고 해본다. 하나씩 지워나가는 것이다. 그러다 보면 정말 머릿속에서 그 사람이 사라져 간다. 즐거운 주말을 보내고 월요일에 출근하여 마주치면 이런 생각이 들 때도 있다. 아, 저 사람 나랑 같은 부서였지…….

그럼에도 그 사람의 업무 지시, 나를 대하는 태도가 계속 거슬린다면 생각의 회로도 조금 바꿔볼 필요가 있다. 내가 귀담아들어야 할 말은 나에게 애정을 가진 사람들의 말이다. 애정에서 우러난 말이 아니라 단순히 '안 좋은 감정'에서 비롯된 말이라면 흘려듣는 게 정신 건강에 이롭다. 애정이 느껴지지 않는 말과 행동은 무조건 귓등으로 흘린다고 자기암시를 건다. 그렇게 그 사람을 조금씩, 확실하게 지워간다. 잔인하고 냉정하게.

*

사르트르는 덧붙여 말했다. 수많은 사람들이 지옥에서 살고 있는데, 이는 그들이 타인의 판단과 평가에 지나치게 의존하기 때문이라고. 아마 그 역시도 한동안은 지옥에서 허우적거렸던 모양이다. 지옥에 빠져봐야 그곳이 지옥인 줄 아는 법이니까.

"걔는 평이 안 좋아서⋯⋯."
"그 사람 평이 좀⋯⋯."

'평-평 그러다 너 뒤통수 평평해진다?' 한마디 해주고 싶을 때가 있다. 뭘 그렇게 평에 신경을 쓰는지. 요새는 직장은 고사하고 동아리 하나 들 때에도 평판 조회가 일상화되었다고는 하지만, 평판의 노예가 된다면 곤란하다.

우리는 모두 서로가 서로를 오해할 수밖에 없는 것 아닐까. 나는 내 모습 그대로 살면 되는 것이지 괜찮은 사람인 척 사려 깊은 척할 필요는 없지 않을까. 타인이 나를 온전히 이해하게 될 거라는 기대는 버리고 그저 언제 어디서나 나로서 존재하면 그것으로 충분하지 않을까. 평판이 뭐가 그리 중요할까. 나와 잘 맞는 사람은 뒷걸음질 치다 부딪혀도 키득키득 웃어넘기겠지만, 상극인 사람이라면 멀리서 뒷모습만 보아도 머리가 지끈지끈하게 마련인데……. 아닌가?

모두를 만족시키겠다는 생각 같은 건 진즉에 버렸다. 백 명을 만나더라도 나와 함께 오래도록 걸어줄 사람은 그중 한 명이 있을까 말까다. 속 편히 그렇게 믿는 편이다. 넌 나랑 맞지 않구나? 그럼 말자.

*

콘센트를 한번 뽑아보면 세상이 달리 보인다. 나 자신도 달리 보인다. 내가 이렇게 관대했나? 싶을 만큼, 매일 눈살 찌푸리던 광경들도 대수롭지 않게 넘길 수 있다. 매일 지나다니던 거리의 풍경도 괜스레 정감이 간

다. 며칠 내 나를 괴롭히던 변비가 없어진 것처럼. 아니,
그보다 더.

모두가

행복한 호칭

지난 토요일, 구미의 작은 서점 '책봄'에서 조촐한 행사가 열렸다. 《나는 당신들의 아랫사람이 아닙니다》의 저자 배윤민정이 컵 여러 개를 들고 서점에 나타났다. 컵에는 이런 문구들이 적혀있었다.

일상에서 시시콜콜 따지는 게 무슨 소용이야?

—Men Talk

그건 너의 자격지심 아니야?

—Men Talk

*

저자의 지극한 예민함에 끌려 간 자리였다. 동질감을 느꼈다. 다만 우리 사이에는 건널 수 없는 간극이 있었다. 남자와 여자라는 차이였다.

한국에서 성별간의 거리는 결혼이란 걸 하고 나면 더더욱 걷잡을 수 없이, 돌이킬 수 없이 벌어진다. 결혼한 여성에겐 갑자기 어머님, 아주버님, 아가씨가 생기고 자신은 새아가, 제수씨, 올케라고 불리게 되니까. '뭔가 이상한데⋯⋯.' 모두가 생각만 하고 있을 때 저자는 목소리를 냈다.

"여러분, 우리 다 같이 서로 이름에 '님'자를 붙여 불러보면 어떨까요?"

저자의 말에 가족 구성원 중 일부는 두드러기 증상

을 보였다고 한다. '다 그러고 사는데 너는 뭐가 문제야?' 퇴박을 주고 힘으로 찍어 누르려 했다. 대화를 통해 서로의 생각을 들어보고자 했던 저자의 바람은 묵살됐다. 등 뒤에 꽂히는 말들은 기껏해야 졸렬한 인신공격뿐이었다. '여성 운동 한다더니 아주 그냥······.' 그 수모를 견디면서도 꿋꿋이 나아가고 있는 저자의 용기에 감탄했다.

"어떻게 그런 말이 아래에서 위로 나올 수 있어?"

"우리 집안을 얼마나 우습게 봤으면 그따위 말을 내뱉는 거야?"

"이럴 땐 가장이 교통정리를 해줘야 하는 건데······."

가족 안에서조차 아래와 위를 명확히 구분 지으려는 그들의 태도는 인간 본성의 한 측면이라 봐야 할까, 아니면 그저 몇몇 개인의 성격에 지나지 않는 걸까. 쉽게 답할 수 없었다. 인간이 집단을 이루게 되면 어디서든 그 나름 힘의 질서가 생기는 것 같기도 해서.

이를테면, 단 두 사람만 모이더라도 의사결정의 추

는 한쪽으로 치우치게 되지 않던. 언제 어디서 만날지, 점심은 무얼 먹을지, 만난 뒤에 오고가는 이야기의 흐름 하나까지도 결국 누군가가 주도하게 마련이니까. 그 주도권을 우리 사회는 손쉽게 성별과 연령, 직급으로 나눠놓은 것처럼 느껴졌다.

*

저자는 모두가 행복한 호칭을 만들고 싶다고 여러 번 적었다. 나는 그 문장을 볼 때마다 멈춰 섰다.

모두에게 평등하고 모두가 행복한 공동체가 가능할까? 인류 역사상 그랬던 적이 있었나?

언젠가 우스갯소리처럼 읽었던 이야기가 떠올랐다. 예로부터 인류는 오직 두 가지 질문에 사로잡혀 왔다는 얘기였다.

너 나 사랑해?

여기서 누가 힘이 제일 세?

인간이 모이는 곳마다 두 번째 질문이 고개를 치켜든다. 오랫동안 질문을 되풀이하던 인간은 결국 반복에 신물이 났고 왕족, 계급, 서열, 호칭까지 만들어 낸 것 아닐까. 아예 그렇게 못 박아두고 어릴 적부터 세뇌시키면 누구를 받들어야 하는지 다들 알게 될 테니까. 때때로 권위에 저항하는 사람이 생겨나더라도 이상한 사람 취급해 버리면 그만이니까.

*

그런 이유 때문에라도 '원래 그런 거야' 하고 덮어 버리면 안 되겠다는 생각이 들었다. 가만히 있으면 그들은 우리가 꿔다 놓은 가마니인 줄 알 테니까.

거창한 사회 제도, 누구나 느낄 법한 직업 서열과 유리 천장까지 바꾸지는 못하더라도 호칭 정도는 나도 바꿀 수 있지 않을까. 아니, 호칭 정도라고 치부해 버릴 게 아니다. 호칭은 집단 내에서 개인의 위치와 역할을 상기시킴으로써 슬금슬금 우리의 사고를 잠식한다.

'넌 그 정도에 불과하니까 주어진 역할이나 잘해. 괜히 나대지 말고.'

'여기서 네 위치는 거기야. 한시도 그걸 잊지 마. 너는 우두머리가 아니야.'

'질서에 따르기 싫으면 나가. 원래 절이 싫으면 중이 떠나는 법인 거 몰라?'

잔인한 힘의 논리 아래서 개인은 옴짝달싹하지 못하고 몸을 낮추게 된다. 하지만 예민한 개개인들은 보이지 않는 곳에서 세상을 바꿀 준비를 한다. 누가 알아주지 않아도, 끊임없이 손가락질당하더라도 같은 생각을 지닌 사람들을 꼬박꼬박 불러 모은다. 지금껏 묵묵히 그래왔다.

나도 그 대열의 끝자락에나마 오도카니 서서, 다음 올 사람을 기다려 보기로 했다. 새 사람이 나타나는 날에는 나지막이 그의 이름을 불러주기로 하고.

어디 한두

가지겠어요?

　

고등학교 1학년.

느닷없이 주방에서 그릇을 깨뜨리거나 연필 따위를 바닥에 떨어뜨리면 이런 생각이 들곤 했다.

'이게 무슨 징조지? 무슨 일 생기려나?'

시험 기간이면 증상이 더욱 심해졌다.

'뭐가 됐든 떨어뜨리지만 말자. 성적이 떨어진다는 뜻일지 몰라.'

그 생각대로라면 전 학년 성적을 모두 망쳤어야 했

다. 틈만 나면 이것저것 떨어뜨리곤 했으니까. 이런 일로 고민을 털어놓은 내게 누나는 말했다.

"그런 것까지 신경 쓰는 거야?"

네, 사실 신경 쓰고 있었어요. 그것도 아주 많이요. 샤프를 모르고 밟아 부러뜨리면 안 좋은 일이 생길 것만 같다고요. 왠지 모르게 불길한 예감이 들어요. 징크스 같은 건데, 그런 심정 모르세요?

그럴 때면 사람들이 불쑥 나타나 지나가듯 말했다.

"그냥 액땜한다고 생각해. 다 생각하기 나름이야. 생각하기 나름."

네? 그 액땜 있죠, 너나 하세요. 저 액땜 전문가 되게 생겼어요, 지금. 액땜만 *30년 째*라고요.

*

중학교 2학년.

그 시절, 이런저런 실험도 많이 했다. 왼손으로 하는

젓가락질 같은 것. 다들 한 번쯤 해보시지 않았는지? 오른손은 좌뇌, 왼손은 우뇌와 연결되어 있다고 하니 한동안 애를 썼다. 왠지 해야 할 것만 같았다. 질 수 없다!

같은 반에 서너 명쯤 왼손잡이가 있었다. 그 친구들이 유난히 특별해 보였다. 쟤들은 뭔데 왼손잡이지? 오…… 희귀해. 좋아 보여!! 나도 간단한 필기라면 왼손으로, 양치질도 왼손으로. 결과는? 에헤라디야. 에라, 모르겠다.

＊

대학교 1학년.

음양오행에 빠졌다. 사주풀이에 따르면 나는 목木과 화火, 토土가 많았다. 수水, 금金은 없었다.

적은 것도 아니고 아예 없다니? 쳇, 하늘도 무심하시지. 나한테 이러긴가? 그 길로 금목걸이를 차고 다니기 시작했다. 든든했다. 완전해진 기분.

한참 후에야 알았다. 금목걸이에는 여자를 멀리하라는 어머니의 계략이 숨어 있었다는 걸. 내 목덜미에서

반짝이는 금붙이에 여성들은 질겁을 하고 도망갔다. 마치 흉측한 무언가라도 본 것 마냥. 허, 이것 참.

아유,

말
도
마
세
요

점심을 혼자 먹게 되는 날이면, 밥은 대충 해결하고 곧장 동네 카페에 들러 시간을 보내다 오곤 했다. 아무런 거름망 없이 내 귓가에 꽂혀 오는 사람들의 대화, 특히 사춘기 자녀를 둔 부모들의 대화 소리를 듣다 보면 영화 〈동경 이야기〉의 한 장면이 떠올랐다.

"자식을 잃는 건 정말 힘든 일이에요."
"하지만 같이 산다는 건 더 힘든 일이지."

＊

스무 살, 처음으로 가족도 아닌 누군가와 함께 살게
되니 매일이 정말이지 놀랄 노자의 연속이었다.

'컵이 왜 여기에 있지? 여긴 컵이 있을 자리가 아닌
데……'

'치약은 왜 또 이렇게 아무렇게나 찌그러져 있는
거야? 아래에서부터 순서대로 눌러 짜줘야 보기 좋은
데……. 하…… 진짜. 못 살아 내가.'

'대체 밴드는 어디 놔둔 거야? 꼭 필요할 때 찾으면
없더라. 휴지도 없네. 다 썼으면 새 걸로 교체해 놔야 할
거 아냐!'

짜증, 분노, 신경질, 스트레스. 그러다 결국 몰이해에
빠지게 되는 늪.

타인과 생활의 공간을 공유하다 보면 사람의 바닥은
드러나게 마련인 걸까. 2년 가까이 하숙집 같은 방에서
친구와 함께 살았는데 그 시절 우리는 그야말로 피가 뜨

거웠다. 사사건건 부딪쳤다. 날마다 충돌과 충격의 세기
말 분위기 속에서 몸살을 앓았다.

"너는 상식이 있는 거야 없는 거야? 누구 말이 맞는
지 지나가는 사람 붙잡고 물어볼래? 지금 당장 나가자.
가보자고!"

"야, 나 지극히 상식적인 사람이야. 내가 봤을 때 이
상하면 그거 진짜 이상한 거라고. 네가 비정상이야, 인
마."

"됐고. 너 방문 세게 쾅, 하고 닫는 거. 그것도 나 들
으라고 일부러 그러는 거지?"

"그럼 너는? 담배 피고 나면 냄새 좀 빼고 들어와라.
너 입에서 쉰내 나. 모르냐?"

"넌 과 잠바나 좀 그만 입어. 쪽팔리니까. 학교가 무
슨 벼슬이야? 조선시대야?"

"누가 A형 아니랄까봐……. 아주 가지가지 하는구나
너?"

"너 말 다했냐, 지금? 너 코 고는 소리, 그거나 어떻
게 좀 해. 도대체 잠을 못 자겠다고!"

20년을 따로 살다 한 공간에서 생활하게 되니 전쟁이었다. 13제곱미터 남짓한 작은 방 안에는 수시로 전운이 감돌았다.

*

'타인을 바꾸려 하지 마세요. 있는 그대로 상대를 존중해 주세요. 내 기준을 곧이곧대로 적용하려고 들지 마세요.'

세상에는, 특히 책 속에는 좋은 말들이 참 많았다. 어쩌면 그때가 아니었을까. 내가 책을 가까이 하기 시작했던 건.

심지어 이런 생각까지 하기에 이르렀다.

'이 책을 읽고 나면 분명 더 나은 사람이 되어 있을 거야! 그렇지 않을까?'

'아, 이 책 다 읽고 친구 만나고 싶은데……. 그러면 내가 좀 달라져 있을 것 같은데…….'

잔뜩 울상 지으며 읽던 책을 내려놓고 약속 장소에 나가기도 했다. 더 나아진 내가 되어 타인을 만나기 위해 눈에 불을 켜고 읽고 또 읽었다.

　오죽했으면 방구석 보이는 곳마다 '겸손', '존중', '사랑' 이런 단어들을 붙여두기까지 했을까. 자기 암시를 하듯 계속 되뇌고 다짐했다. 이해심 많은 사람이 되자고, 나를 낮추고 상대를 높여주자고. 그 노력을 들여도 하룻밤 새고 나면 말짱 도루묵이었다. '타인은 나를 비추는 거울!'이라고 종이에 글을 쓰는 순간, 딱 그때뿐이었다.

　허무했다. 정말, 진정으로 상대를 아끼고 위해주고 싶었는데, 아름다운 눈으로 세상을 바라보고 싶었는데. 타인은 그저 타인일 뿐, 가족이든 친구든 연인이든 그 사람은 결코 내가 아니었고 누구든 나와 생각이 달랐다. 때때로 그 당연한 사실에 경악했다.

　어느새 그 시절로부터 10년 넘는 세월이 훌쩍 지났다. 어느 틈엔가 나는 결혼을 했고 아슬아슬한 동거가 시작됐다. 이번에는 무려 30년 넘게 따로 살던 사람이다! 내가 과연 잘 해낼 수 있을지 알 수 없었다. 눈 한

번 감았다 뜨니 벌써 결혼 2년 차, 우리의 이야기는 조금 더 살아보고 할 수 있을 것 같다. 적어도 내가 노력하는 사람이라는 것만큼은 아내가 알아줬으면……

그런데 여보, 물은 냉장고 문 닫고 마시면 안 될까?

다진 마늘로

하는 명상

환승역을 놓쳤다.

그것도 1호선에서 4호선으로 갈아타야 하는 금정역을 지나쳤다. 명학역이라는 안내방송을 듣는 순간 깨달았다. 생전 들어본 적 없는 역 이름이라는 사실을. 그렇다면 설마? 소스라치게 놀라 주변을 두리번거렸다. 코앞에는 누군가의 뱃살이 흔들거렸고 여기저기 고갤 돌려 보아도 사람들 배밖에 보이지 않았다. 환승역에서 올라탄 사람들이 빈틈없이 빽빽 들어차 있었다. 한 줄기

땀이 등을 타고 수직 하강했다.

평정심을 되찾으려 해보았다. 지나친 김에 1호선을 타고 계속 가보자는 생각도 들었다. 금정역에서 4호선으로 갈아타 사당역으로 갔어야 하는데, 이왕 이렇게 된 거 1호선을 타고 죽 가보는 거야. 신도림역에서 2호선으로 갈아타면 사당으로 갈 수 있겠지. 그것도 나쁘지 않잖아? 하지만 GPS를 켜보고 망연자실했다. 지하철이 영 딴 곳을 향해 가고 있는 게 분명했다. 사당 쪽과는 완전히 반대 방향이었다. 도대체 뭘 하고 앉아있었기에 환승역을 놓쳤나 자책했다. 시간을 날려 보내고 있다는 억울함과 초조함은 갈수록 더해져만 갔다.

1호선은 얼마나 느리고 사람들은 또 얼마나 많은지. 답답함이 빵처럼 부풀어 올랐다. 겉으로는 아무 일 없는 사람인 척, 목적지를 향해 순항하고 있는 배의 선장처럼 앉아있었지만 속은 뒤집어졌다. 전철은 앞 차와의 간격을 유지한답시고 서너 번쯤 정차했다. 안전거리 유지도 중요하지만, 왜 그런 건 꼭 내가 바쁘거나 마음이 조급할 때만 하는 걸까. 도저히 참지 못하고 가산역에서 내려 7호선으로 갈아탔다. 대림역으로 가 2호선으로 다시 갈아타고 나서야 (그 와중에도 빠른 환승 위치 4-1, 7-3을 확인하는 건 잊지 않고) 한숨 돌렸다. 2호선의 쾌적함이 눈물 나게 반가웠다.

겨우겨우 집 근처에 도착하고 보니 제때 환승하는 것보다 30분 정도 지체된 것에 불과했다. 하지만 내 정신은 이미 완전히 맛이 간 상태. 씩씩 숨을 몰아쉬며 발걸음에 자꾸 힘이 실렸다. 땅을 꾹꾹 눌러 차듯 박차고 나아갔다. 어디에든 화풀이를 하고 싶었다. 분풀이할 만한 대상은 어디에도 없었다. 딴 데 정신 팔린 내 잘못이니 나를 탓할 뿐이었다.

*

아무 일도 손에 잡히지 않을 것 같아 단순 반복 노동에 집중하기로 마음먹었다. 마늘을 다져 소포장한 뒤 냉동실에 넣는 일이다.

무념무상. 이내 마음이 가라앉았다. 아무런 생각도 나지 않았고 그날의 일은 모두 잊었다. 쿵쾅거리던 심장도 제 호흡을 되찾았다.

마늘을 다지든 손톱을 깎든 아니면 설거지를 하든. 단조로운 일에 마음을 쏟는 건 언제나 유익하다. 쉬지 않고 돌아가던 두뇌가 편안히 쉬는 시간이다. 몸이 기억하는 대로 움직이면 그만이니 그곳에 생각이 끼어들 자리는 없다. 동작 하나하나에만 집중하면 된다. 다 끝냈을 때 시간이 흘러있다는 것. 그것만이 중요하다. 명상은 별 게 아니다. 시간이 시간답게 흐르게 하는 것이고 내가 나답게 돌아오는 일이다.

금요일 저녁에는

삼일문고로

퇴근 후, 삼일문고에 갔다. 붉은 벽돌로 쌓아 올린 이 서점은 건축가 김수근이 설계한 대학로 아르코 미술관을 연상케 한다. 내부의 풍경도 보통의 서점과는 다르다. 큐레이터의 세심한 손길이 묻어나는 화랑을 닮았다. 잠시 서가를 거닐며 훑어보았다. 고요하고 한적했다.

한 주의 피로가 조금씩 씻겨 내려갔다. 이번 주도 업무 처리하랴 사람들 상대하랴 이것저것 하다 보니 정신 없이 흘러갔다. 누가 뭐래도 한 주의 마무리는 역시 서점이다. 서가를 걷는 것만으로도 경직되어 있던 몸과 마음이 얼마간 풀리는 것 같다. 산림욕까지는 아니지만, 책들은 나무와는 또 다른 기운으로 나를 품어준다.

이런 공간이 서울 도심 한복판에 있었다면 얼마나 많은 사람들로 북적였을까. 생각만 해도 아찔하다. 지방이라서 가능한 특권일까? 허튼 생각을 하고 있는 찰나 서점에는 영화 〈냉정과 열정 사이〉의 첼로 연주곡이 흘러나온다. 정말 좋아하는 선율이다.

"아름답다……." 나도 모르게 혼잣말을 내뱉고 말았다. 누가 듣지는 않았는지 신경 쓰여 주변을 둘러봤지만, 곁엔 아무도 없었다. 이 너른 공간을 혼자서 통째로 빌려 쓰고 있는 기분이다. 그것도 불타는 금요일 저녁에, 이토록 정갈하고 세련된 서점을. 이런 호사를 언제 누려본 적 있었을까. 눈물이 차오르는 걸 가까스로 막았다.

삼일문고는 내게 각별하다. 서점 구석구석 감상할 거리가 차고 넘친다. 예기치 않은 곳에서 사진작가 세바스티앙 살가도의 작품을 발견하고 서점 중앙에 놓인 아담한 아치형 홀 안에서는 천문학자 칼 세이건의 특별전을 마주한다. 여기가 서점인지 미술관인지 헷갈릴 만하다.

서가에 은은하게 흐르는 멜로디는 잔잔한 클래식과 영화 OST다. 복닥복닥 소란스럽던 지난 한 주는 온데 간데없다. 느긋하고 차분하게 기억을 썻긴다. 지나간 일들이 정말로 *지나가 버릴* 수 있게 길을 터주고 기다린다. 한 주를 떠나보내는 나만의 의식이다. 느릿느릿 조용조용, 금요일 밤 삼일문고는 정확히 내가 원하는 속도로 흘러간다.

2

예민 나라를 보았니

꿈과 희망이

가득한

예민한 나와 당신,

우
리

우리는 인생의 모든 멋진 것들에 끌린다. 좋은 책, 마음을 가라앉혀주는 음악, 무언가 있어 보이는 그림, 아름다운 사물과 사진, 선율과 풍경들. 놀라운 작품과 자연 앞에서 마음이 덜컥, 주저앉고 만다.

*

우리는 평범한 일상을 근사한 순간으로 만들기 위한

노력을 멈추는 법이 없다. 어떻게 하면 하루가 조금이라도 더 나아질 수 있을지 고민하며 작은 디테일부터 알뜰살뜰 챙긴다.

찻잔과 와인 잔을 올려두는 라탄 코스터, 식탁을 더럽히지 않게 해주는 정갈한 수저받침, 파스타를 내어 가기 전 치즈 그레이터로 뿌려주는 파르미지아노 레지아노까지. 그러한 것들이 책, 영화, 미술 못지않게 삶을 풍요롭게 채워 준다고 믿는다. 우리의 시선이 머무는 자리를 다채롭게 꾸미는 일은 우리 내면을 정교하게 조각하는 일만큼이나 중요하다.

둔감한 사람이라면 초대받아 간 저녁 식사 자리에서도 자꾸만 수저받침과 상관없는 곳에 본인 수저를 내려놓겠지만, 우리처럼 그 있고 없고의 차이를 본능적으로 감지하는 이들은 수저 놓는 곳을 착각할 리 없다. 수저 하나도 *제자리*가 있는 법이니까.

사뿐히 받침 위에 젓가락을 내려놓으며 그 재질을 가늠하고 또 다른 타인의 취향도 상상해 본다.

'저 사람은 어떤 수저받침을 쓸까? 자기? 원목? 아니

면 뭉툭한 돌멩이?'

가끔은 그런 투박한 것들이 더 멋스럽게 느껴질 때도 있다. 사람의 손으로 빚어낸 것 같지 않은 데서 오는 아름다움! 누군가를 처음 알게 된 어느 날 저녁, 집으로 돌아오는 길에 기분 좋은 상상을 해보곤 한다. 나의 세계로 걸어 들어온 그 사람이 남다른 미적 감각과 세심한 안목을 지닌 사람이었으면 좋겠다고.

*

우리의 이런 성향은 오랜만에 만나는 누군가와의 한 끼 식사를 아무 데서나 할 수 없게 만든다. 약속이 잡히면 우선 약속 장소 근처의 갈 만한 곳들부터 알아본다. 무작정 몇 번 출구 앞에서 여럿이 만나 '어디 갈까?' 고민하며 거리를 배회하는 건 우리답지 않다. 빼어난 맛을 자랑하는 곳, 근사한 분위기의 식당, 차분히 이야기를 나눌 수 있는 카페까지. 그 일대를 샅샅이 조사하고 몇몇 장소를 골라 점찍어 둔다.

이동하기에 편리한지 살피기 위해 그 점들을 연결해 보는 일도 빼먹지 않는다. 다시 지도를 보지 않아도 외울 수 있을 만큼 보고 또 본다. 상대방을 만나면 자연스럽게 여기로, 또 저기로 안내할 수 있어야 하니까. 그러다 보면 간혹 나르시시즘에 빠지는 날이 있다. 하나부터 열까지 믿고 맡겨도 된다는 말은 우리를 위해 존재하는 말 아닐까? 싶어서.

매일같이 볼 수 있는 사이가 아니라면 상대방과 아무거나 되는 대로 먹을 수는 없다. 좋은 신발이 사람을 좋은 곳으로 이끈다는 서양의 속담처럼, 우리가 타인과 시간을 보내게 될 장소가 그 사람과 내가 나눠 가질 기억에 커다란 영향을 미친다고 믿어서다. 물론 때로는 허름하고 오래된 식당이 당기는 날도 있고, 검증되지 않은 가게를 전전하며 개척자의 기분을 느끼고 싶을 때도 있지만, 대개는 믿고 갈 수 있는 곳에 가려 한다. 실패하지 않는 선택을 해 타인과 나 사이에 좋은 기억을 올려두고 싶으니까.

분위기에 취해 동그란 눈으로 가게를 살피는 상대방의 모습을 보며 오늘도 성공! 이라고 외치고 몰래 기뻐한다. 누군가에게는 장소 검색과 섭외가 귀찮은 일이겠지만 우리는 그렇지 않다. 하나하나 알아가는 재미도 있고, 기분 좋은 한 끼, 즐거운 기억으로 남을 한때를 준비하는 과정이기에 기쁜 마음으로 역할을 맡는다. 장소를 정하고, 예약을 잡아두고, 약속 시간보다 10분쯤 먼저 도착해 자리를 잡고 앉는다. 그게 우리 예민이들의 기본이다.

—

꼭 약속 시간이 다 돼서야 이제 일어났다고, 조금 늦는다고 연락을 해오는 사람들이 있어요. 그러면 저는…… 입술을 앙 다물고 가방에서 책을 꺼냅니다.

예민 나라를 보았니

〈대성당들의 시대〉라는 뮤지컬 음악이 있다. 참 좋아하는 노래지만 제목만큼은 멀고 먼 옛날 얘기. 지금은 누가 뭐래도 대기업의 시대. 그것도 영악하기 짝이 없는 기업들의 시대. 전근대까지 신이 하늘에만 존재했다면, 현대에 이르러 신은 지갑 안에 자리를 꿰차고 앉은 것만 같다. 그 형체 없는 신은 우리에게 명령한다. 진실을 은폐하라. 거짓을 진실인 것처럼 선전하라. 끝끝내 그들은 믿으리.

연비 조작으로 물의를 일으켰던 외제차는 여전히 잘 팔리고, 가습기 살균제 파동으로 무수한 아기 엄마들을 공포에 떨게 했던 회사도 건재하다. 갓난아이 분유를 파는 회사가 정작 여성 직원이 결혼을 하면 정규직에서 계약직으로 전환시키고, 임신을 할 경우 해고해 버린다면? 이처럼 허망한 난센스가 또 있을까?

공인 예민이인 나는 결코 그냥 지나칠 수 없다. 악덕 기업에 대해서는 당장 보이콧을 시작한다.

잊지 않겠다!는 마음으로 개인으로서 할 수 있는 일부터 한다. 변화는 이렇게 조금씩 시작되는 거라고 믿는다.

"왜 그렇게 피곤하게 살아? 네가 그렇게 잘났어?"

이런 가시 돋친 말을 들으면 누구나 당황할 수 있다. 그런 마음 약한 이들에게 조언 하나 해드려도 될는지.

그럴 땐 그냥 크게 웃어 버리세요. 대꾸할 가치가 없으니까요.

—

홀로 또는 단체로 의기투합하여 대기업의 횡포에 어
깃장을 놓는 개인들이 늘고 있다는 기사를 접할 때마다
산들산들 콧노래를 흥얼거리곤 합니다. 예민 나라를 보
았니. 꿈과 희망이 가득한.

하지만,

그렇지만

"야아! 야!! 문 열어! 당장 열으라고 새끼야!"

중년 남성의 외침이 선명하게 들려왔다. 토요일 밤 11시, 저녁의 평온은 순식간에 무참히 깨졌다. 위층에서 무언가 벌어지고 있었다. 가족 간의 극렬한 다툼 같았다.

"야아아!" 쿵쾅쿵쾅. "야! 열어!!"

상대의 반응은 없었다. 남성의 일방적인 괴성만 있

었다. 곁에 앉아 책을 읽고 있던 아내의 손을 꼭 잡고 마음을 졸였다. 심장이 콩닥콩닥 뛰었다.

쿵쾅쿵쾅. 쿵. 쿵. 쿵. 쿵.

남성은 화를 주체하지 못하고 빠른 걸음으로 이리저리 돌아다니며 계속 방문을 두들겨댔다. 두어 번쯤 무언가 부서지는 소리가 났다. 망치로 방문을 때려 부순 걸까. 잠시 동안 정적이 흘렀고 곧이어 높은 옥타브의 목소리가 적막을 찢었다.

"이거 놔아! 놓으라고! 놔!! 아아아아!"

여성인지 어린아이인지 모를 여린 목소리가 들려왔다. 경찰에 신고해야 할까? 경비실에 먼저 알려야 할까? 곧 진정되겠지 하며 조용히 기다려야 하는 걸까. 그것도 아니라면 내가 직접 찾아가 두 사람을 말려야 하나. 머릿속이 복잡했다. 아내와 차분히 상의를 하고 있기에는 상황이 급박했다.

비명 소리는 갈수록 커졌다. 도저히 두고 볼 수 없었다. 뭐라도 해야겠다 싶어 자리에서 일어나려는 찰나, 이상한 말이 들려왔다.

"왜! 누군데! 뭐!!"

인터폰 옆에 표시된 승강기 층수를 보니 우리 위층이었다. 누군가 벌써 윗집에 찾아간 것이다. 내가 이래야 하나 저래야 하나 고민하는 사이, 다른 이는 우선 움직였다. 위층은 금세 조용해졌다. 그날 밤은 그렇게 지나갔다.

✳

다음 날 오후, 승강기 문이 닫히려는데 한 아이가 뛰어들었다. 아이는 우리 집 위층을 눌렀다. 혹시나 하는 마음에 가만히 아이를 쳐다보았다. 아이는 왜 쳐다보는지 자기도 잘 알고 있다는 듯 나를 보았다.

내가 말했다.

"혹시 어제……?"

아이가 말했다.

"네, 맞아요."

우리에게 주어진 시간은 짧았다. 승강기는 힘차게 올라갔다. 나는 입술을 앙다물고 잠시 아이를 보았다. 아이는 승강기 벽에 기대 몸을 배배 꼬았다. 바닥과 내 얼굴을 번갈아 가며 쳐다보았다.

"괜찮아?" 나는 할 수 있는 유일한 말을 건넸다.

"네……." 아이도 자기가 할 수 있는 유일한 대답을 해주었다.

나는 승강기에서 먼저 내리며 아이를 지그시 쳐다보았다. 위로와 격려를 눈빛에 담고자 했다. 잘 전해졌을까? 아이는 씩씩해 보이고 싶었는지 보일 듯 말 듯 살짝 웃었다. 나는 대문을 열고 들어가다 말고 현관에 잠시 섰다.

*

완전한 타인의 영역. 그곳에 발을 들이기 위해서는 커다란 결심이 필요하다. '남의 일에 참견 마세요.' 괜한 면박을 들을지도 모른다. 남의 가정사에 끼어들어 감 놔라 배 놔라 하는 일은 그 누구에게도 쉬운 일이 아니다. 우리에겐 용기가 부족하다. '알아서 하겠지. 뭔 일 있겠어?' 현대인들의 *취미*는 침묵과 방관, 특기는 분노와 험담이 되어가고 있지 않은가. 급박한 상황에 우리는 쉬이 눈과 귀를 닫는다. '다 지나가겠지. 신경 쓰지 마.'

누군가 길을 걷다 혼자 털썩 넘어지는 걸 보게 되면 "괜찮아요? 어디 다친 덴 없으세요?" 다가가 물을 수 있겠지만, 다른 누군가와 다투고 있는 사람을 섣불리 막아 설 순 없다. 타인의 영역은 그들 고유의 것이니까. 내가 무슨 자격으로 참견하고 간섭한단 말인가.

＊

　중고등학생 시절, 할 수 있는 선행부터 해보자는 마음에 어니에서든 쓰레기를 발견하면 모두 다 줍곤 했다. 좋은 일을 한다는 만족감에 젖기도 했다. 그 일이 행운을 불러올 거라 철썩같이 믿었다. 여러 친구들이 비죽거리며 말했다. 쓰레기도 거기 그대로 있어야 환경미화원들이 먹고 살 수 있는 거라고. 그러니까 어쭙잖게 나대지 말라고. 어린 내가 듣기에 그 말은 나름 그럴싸했다. 그 말대로라면, 타인의 폭력을 저지하는 일도 속 편히 공권력의 영역으로 남겨두면 그만인 걸까. 그건 그들의 일이지 우리의 일은 아니니까.

　하지만. 그렇지만. 우리의 일이어야 하지 않을까.
　타인과 세상을 바꿀 순 없으니 나라도 그러지 않겠다고 다짐해 보는 것. 매일같이 마주치는 가족, 친구, 일로 연결된 사람들에게 먼저 미소 지어주는 것. 폭력을 경험한 이에게 다가가 '괜찮아요?' 묻고 그 곁에 잠시나마 앉아보는 것. 내 안에 깃든 공격성, 잔인함, 욕망, 무관심을 외면하지 않고 있는 그대로 응시하여 끝내 그것을 잠재우는 것. 그리고 일상에서 맞닥뜨린 작은 일 하나로 몇 날 며칠을 고민해 보는 것, 이런 것들이야말로 우리의 일이어야 하지 않을까.

*

너 하나 걱정한다고 뭐가 달라지니?

네, 제가 달라집니다.

이게 다

뭐
람

아마 누군가 불쑥 내 가방을 열어본다면 이렇게 말
할 것이다. 이게 다 뭐람?

손수건, 휴지, 텀블러, 삼단우산, 물티슈, 동전지
갑…… 게다가 작은 구두칼까지. 나는 가볍게 외출을
하더라도 완전 무장을 하고 집을 나선다. 왜 그런 말도
있지 않은가. 이불 밖은 위험해!

＊

매일 아침 날씨부터 챙겨 본다. 아니, 아니다. 사실 전날 밤부터. 음, 사실 일주일 전부터.

한 주의 날씨 정도는 미리미리 알고 있어야 직성이 풀린다. 날씨를 아는 건 마치 몰래 치트키를 쓰는 것과 같다. 한 치 앞도 알 수 없는 우리 삶에서, 그나마 미래를 조금이라도 엿볼 수 있는 순간이니까 그 유혹을 뿌리칠 수 없다. 게다가 날씨를 알아야만 정할 수 있는 것들이 있다.

먼저, 우산을 챙길지 말지 여부. 비 올 확률 50 이상이면 장우산 혹은 이단 우산. 50 이하면 삼단 우산이다. 그 말인즉 70이든 30이든 우산은 나와 늘 함께라는 얘기. 햇볕 쨍쨍한 날에는 휘리릭 양산으로 변신을 하는 만큼 결코 뺄 수 없다. 다음, 미세먼지 지수에 따라 마스크도 가지고 나갈지 말지 정한다. 사실 이것도 뻥이다. 비상용 마스크 하나쯤은 날씨와 무관하게 늘 가방 한구석에 고이 자리하고 있다. 가끔 기분이 울적해 얼굴을 가리고 싶은 날에도 마스크를 꺼내 써야 하니 역시 함께다. 마지막으로 일교차를 확인한 후 머플러, 장갑, 카디건을 챙겨 나갈지 정한다. 상황에 따라 입었다 벗었다 할 수 있는 간절기 아이템들! 녀석들도 많이 아낀다.

*

버스 여행을 떠날 때 나의 준비성은 더 빛을 발한다. 여행을 떠나기 전, 카페에 들러 음료를 시킨다. 가을, 겨울이라면 따뜻한 아메리카노가 좋겠다. 테이크아웃 잔에 받지 않고 가방에서 뭔가를 주섬주섬 꺼내 직원분께 건넨다. 조심스럽고 수줍게 나의 텀블러가 고개를 내민다.

텀블러를 따뜻하고 든든하게 채운 뒤 휴지 몇 개와 일회용 물티슈 두어 개도 집어 든다. 이들의 유용함은 끝이 없다.

고속버스를 타고 여행지로 간다. 슬슬 입이 심심해지고 배가 출출해진다. 그럼? 나의 요술 주머니에서 무엇이든 나타난다. 귤, 반숙란, 바나나, 레몬사탕, 물…… 그리고 대망의 따뜻한 아메리카노까지. 동행인은 뭔가 나올 때마다 감동과 감탄, 의아하다는 눈빛을 연이어 보내온다. 이 많은 게 대체 언제 거기 들어가 있었냐며. 준비성 무엇? 하나씩 꺼내 먹다 보면 끝은 한결같다. 꼭 손에 뭔가 묻는다. 손가락 마디 사이에 찐득찐득한 과즙이라도 묻는 날에는 찜찜해 견딜 수 없다. 그건 정말 안 먹는 것만 못한 상황이랄까. 이때다. 빠밤. 물티슈 출동! 마무리는 휴지로.

*

손수건은 어떤가? 손수건으로 말할 것 같으면 그건 대학생 때 나의 필살기였다. 소개팅, 미팅을 나가서 누군가 뭔가를 엎질렀을 때, 뭘 흘리거나 묻혔을 때 어김없이 나는 뒷주머니에 손을 가져갔다. 짜잔. 손수건 나가신다! 그것도 반듯하게 다림질된, 여성의 마음에 쿵 하고 여운을 남길 만한 귀여운 손수건이!

"너 가지고 가. 다음에 만날 때 줄래?"

아, 다음을 기약하는 청춘 드라마의 대사까지.

"아니면 내가 주말에 가지러 갈까?"

……음.

그 시절 나는 겁도 없이 이런 말들을 던져댔다. 넉분에 사랑에 자주 실패했다. 응? 이런 얘길 하려던 건 아닌데. 정말로.

어디서

오셨어요?

아무리 바빠도, 누가 뭐라 해도 꼭 챙겨 보는 게 있다. 물건의 원산지와 식품의 전 성분이다. 그것만큼은 정말 알뜰히 살뜰히 챙긴다. 어떨 때 보면 돈보다 소중히 여기는 것 같다.

웬만한 과자, 음료수, 아이스크림 등 우리의 허기를 달래줄 요깃거리들은 죄다 화학성분의 향연이다. 어떤 과자의 성분 표기를 보면 열 줄씩 적혀있기도 하다. 이 사람들이 지금 먹을 걸 가지고 화학실험을 하고 있나?

꺼림칙하다.

공산품 먹거리에는 웬만해선 손이 잘 가지 않는다. 도대체 방부제가 얼마나 들어가기에 유통기한이 그렇게나 긴 걸까. 미심쩍다. 딸기는 일주일을 채 버티지 못하고 새콤달콤한 귤도 열흘이 고작일 텐데.

—

그나저나 '메이든 인 차이나'보다 '메이드 인 캄보디아', '메이드 인 인도네시아'가 더 믿음이 가는 건 왜일까요? 기분 탓일까요?

이석원

이석원 사인회에 다녀왔다. 2018년 11월 18일 광화문 교보문고. 그에게 특별하다는 그곳에서 행사가 열렸다. 사인회는 오후 4시에 시작되지만 번호표는 3시부터 배부된다는 사실을 그의 블로그를 통해 미리 알고 있었다. 2시쯤 서점에 도착해 에세이 서가를 맴돌았다. 운 좋게 받아낸 번호는 28번.

줄을 서자마자 내 뒤에 한 여성이 급하게 따라붙었

다. 한껏 상기된 표정의 그는 줄을 정렬하고 있던 직원에게 물었다. "이거 이석원 사인회 줄 서는 거예요?" 직원이 그렇다고 말하자 그가 인상을 찌푸리며 되받아쳤다. "아니, 아까는 줄 안 세우신다고 했잖아요. 그 말만 믿고 다른 데 잠깐 갔다 왔는데 이러시면 어떡해요. 아, 진짜." 직원도 난처한 표정을 지었다. 그러려고 했는데 사람이 갑자기 불어나서 어쩔 수 없었다고 했다.

"저 한참 전부터 와서 기다렸는데. 아…… 정말 이러시면 곤란하죠."

그때 그의 일행처럼 보이는 다른 여성이 헐레벌떡 뛰어왔다.

"왜 무슨 일이야."

"아 언니. 짜증나 죽겠어."

"왜, 왜." 직원은 이미 줄의 꽁무니 쪽으로 간 뒤라 자리에 없었다.

"분명히 줄 안 세운다고 해서 어디 잠깐 갔다 왔는데 이렇게 돼 있는 거 있지."

"그랬어?"

"응."

"이 정도면 꽤 괜찮은 거 아니야? 우리 앞에 100명 있겠어? 아닌 것 같은데."

"아니, 그래도 말을 그렇게 했으면 지켜야 하잖아."

"야. 뭐 어때. 사인 받을 수 있겠지."

"이석원 몸 안 좋아서 도중에 그만둘 수도 있단 말이 야. 언니도 알잖아."

"알긴 알지. 근데 뭐 어쩌겠어."

바로 앞에 서있던 내가 보아도 그래 뭐 어쩌겠나 싶 었다. 이미 앞에는 사람들이 들어차 있었고 한번 줄이 늘어나기 시작하자 순식간에 서점은 놀이공원이 되어 갔다. 도저히 그대로 놔둘 수 없겠다 싶었는지 번호표도 2시 40분쯤부터 나눠주기 시작했다. 나중에 사인회가 시작된 후 사람들의 말소리를 들어보니 3시에 와서 받 은 이들은 200번대 번호를 받았다고 했다. 뭐 어쩌겠나. 세상일이라는 게, 사람이 하는 일이라는 게 가끔은 예상 과 다르게 흘러가기도 하는 거라.

*

　번호표를 받고 시간도 때울 겸 서점을 잠시 걸었다. 주말의 서점은 사람들로 북적였다. 엄마 손 잡고 온 아이들부터 당장 클럽에 가도 될 법하게 한껏 멋을 부린 사람들도 더러 있었다. 교보문고가 자랑하는 원목 탁자는 이미 만석. 나는 한 귀퉁이 바닥에 자리를 잡고 앉았다. 방금 산 이석원의 따끈따끈한 신작을 읽어볼 생각이었다. 웬걸. 포장을 뜯는 데 진땀을 뺐다. 어찌나 야무지게 밀봉되어 있는지. 아무리 애를 써도 맨손으로는 도저히 뜯기질 않았다. 결국 팬시점 쪽으로 걸어가 귀걸이를 팔고 있는 분께 가위를 빌려야 했다.

　겨우 책을 영접하고 다시 구석에 앉아 책을 읽으려는 찰나 앙칼진 목소리가 허공을 갈랐다. "미희야. 일로 와. 미희! 엄마 옆으로 오라니까!" 그 목소리는 마치 퇴근길 지하철역에서 아이의 손을 놓친 어머니의 비명과도 같았다. 어찌나 목소리가 크고 날카로운지. 아무리 생각해 보아도 서점에 어울리는 음량은 아니었다. 그래.

미희가 엄마 옆으로만 가주면 상황은 끝나겠지. 끝날 거야. 허망한 기대는 처참히 무너졌다. "재희야! 재희 넌 어디 있어! 미희 너는 동생 안 챙기고 뭐 했어. 재희야!"

나도 정말 재희가 보고 싶었다. 재희만 제자리로 돌아와 준다면 내 손에 들린 새 책을, 곧 있으면 글쓴이를 만나 직접 그 앞에 내밀게 될 그 책을 조금이라도 차분히 읽어볼 수 있을 텐데. 그 목소리는 내가 자리를 뜰 때까지 그치지 않았다. 미희를 찾고 재희를 찾고. 미희도 혼내고 재희도 혼내고.

*

조용히 책을 읽겠다는 욕심은 버리고 다시 서점을 거닐다가 3시 45분쯤 서점 입구로 나갔다. 사인회장은 이미 사람들로 가득했다. 행사 요원에게 28번이라 말하고 앞으로 조심조심 들어가 섰다. 아니나 다를까 조금 전 두 사람이 먼저 와있었다. 그 후로 5시쯤 사인을 받게 될 때까지 나는 두 사람의 수다를 오롯이 들어야 했다. 알고 보니 그중 한 사람, 그러니까 직원에게 불만을 토로했던 그는 이석원의 오랜 팬이었다. 사인회도 이미 여러 번 다녀본 베테랑.

"언니. 이 사람들이 책 때문에 이석원 좋아하게 됐을까. 아니면 언니네 이발관 때부터 좋아했을까."

"그러게. 반반이려나."

"언니. 이석원 들어온다."

"어? 생각보다 키 크네?"

"얼마나 작다고 생각한 거야."

"너보다 작다고 하길래."

"나보다 작은 남자가 한둘이야."

"하긴. 아, 비니에 마스크에 완전 무장했네."

"와준 게 어디야. 아픈 사람인데."

"어디가 아픈 거야?"

"발이 아프대."

"발이?"

나는 이석원의 에세이를 모두 가지고 있다.《보통의

존재》이후 그의 이름은 내 마음속 서재에 각인되었다. 문장이 유려하진 않았지만 진솔했고 사소했고 몰입되었다. 글로써 알게 된 그의 삶은, 우리 누구나가 그러하듯이, 어느 정도 불행했다. 예민한 성격 탓에 모난 사람 취급받기 일쑤였고 나이가 들어서는 건강도 급속도로 나빠졌다. 그에게 응원을 보내고 싶어 꿋꿋이 줄을 서있었다. 그날 배부된 번호표는 500번을 훌쩍 넘겼지만 그가 한 시간 동안 사인을 해준 인원은 스무 명 정도에 불과했다. 그 속도라면 밤을 꼬박 새어도 다 못할 판이었다. 행사 요원들은 어쩔 줄 몰라했다.

사인을 받던 순간, 내가 적어 달라고 부탁한 문장을 듣고서 이석원은 한바탕 크게 웃었다. 그가 그렇게 크게 웃을 줄은 몰랐다. 그는 기억할까. 서점을 가득 메운 응원의 발자국들을. 그가 한 사람 한 사람 정성껏 대하느라 도대체가 줄어들지 않던 순번에도, 사람들은 그 모습이 또한 그답다는 사실에 속으로 안도했다는 걸. 그 여린 손끝으로 그가 내게 적어준 글귀는 이랬다.

주여. 제발 저를 정상적으로 살게 하소서!

-이석원,《언제 들어도 좋은 말》중에서

서로에게

물드는 시간

다른 건 몰라도 차 없이는 못 산다. 차츰차츰 번져가
는 빛깔을 볼 때면 내 마음도 덩달아 물든다. 따뜻하게.
맑게. 자신 있게!

아침엔 역시 잉글리시 브랙퍼스트다. 이름 때문에
괜한 허세를 부리는 것처럼 보일 수도 있지만 할 수 없
다. 한 소리 듣더라도 그걸 마셔야겠다. 아침은 역시 브
랙퍼스트니까. 딱이다.

달콤한 게 간절할 때는 히비스커스가 제격이다. 새빨간 석류처럼 탐스러운 녀석. 아주 맛깔난다.

한데 사무실에 앉아 홀로 마시는 차의 맛과 주말에 아내와 혹은 마음 맞는 친구와 나눠 마시는 차의 맛은 하늘과 땅 차이다. 무엇을 먹느냐보다 누구와 함께하는 지가 중요해서일까.

사회 생활을 시작하고 나서야 깨달은 것 하나는 사무실에서는 종일 같이 있어도 서로 전혀 물들지 않는 사이가 있다는 것이다. 그런 이들과는 아무리 긴 시간을 함께 보내더라도 돌아서고 나면 기억이 없다. 불가사의다. 오히려 몇 달에 한 번 얼굴 보는 친구와 보내는 한나절이 훨씬 값지고 인상 깊다.

사회생활 초기에는 그 사실이 적잖이 당황스러웠다. 나만 그런 건가 싶었다. 그토록 오랜 시간을 함께 보내는데 서로에 대해 아는 게 없다니. 뭔가 잘못되어 가고 있는 거 아닐까, 고민되었다.

잘못된 건 없었다. 여기저기 물어보니 다들 같은 마음이었다. 주말에 만나고 싶은 사람은 다 따로 있다고

고백해 왔다. 그 짧은 한때가 가슴에 행복감을 남긴다
며…….

　친구와 나눈 감정의 여운으로 우리는 또 지리멸렬한
한 시간을 버텨낸다. 싫은 소리 참아가며 둥글게-둥글
게. 차도 한 모금씩 마셔가면서.

그 목소리

각자의 목소리에는 그만한 사연이 담긴다.

강의 첫날 교수의 요청으로 모든 학생들이 자리에서 일어나 자기소개를 했다. 50여 명의 잔잔한 이야기를 듣고 있으니 몽실몽실 마음이 푸근해졌다. 목소리 덕분이다. 누군가는 우렁차게 자신감을 내비치기도 하지만 학생들은 대개 쭈뼛쭈뼛거리면서도 할 말은 다 하는, 조금은 귀여워 보이는 소개를 한다. 자기소개라는 건 덮

고 있던 이불 한 겹을 벗겨내는 일과 같아서, 순간 우리
는 그 사람의 뽀얀 속살을 마주하게 된다.

누군가의 속살은 햇볕에 그을려 있고 누군가의 속살
은 시커먼 점들이 알알이 박혀있다. 상처가 덜 아물어
딱지가 앉아있는 경우도 있고 아주 새하얗고 탱글탱글
한 아기의 볼살 마냥 모두를 미소 짓게 하는 사람도 더
러 있다. 이 모든 게 목소리를 타고 흘러나온다.

목소리에는 인간성이 담겨있다. 급한 성격인지 유쾌
한지 차분한지, 논리적인지 내성적인지, 우스갯소리를
즐겨 하는 사람인지가 모조리 드러난다. 목소리는 그 자
체로 비밀스럽고 또 진솔하다. 꾸밈없이 그 사람을 보여
주기에 정직하고 어딘지 모르게 알 수 없는 구석이 있
어 내밀하다. 목소리를 내서 말을 한다는 건, 어쩌면 자
신만의 그림을 그려 보이는 일이 아닐까. 섬세하고도 아
주 예민한, 그만의 붓 터치를 따라가다 보면 어렴풋이
그의 윤곽이 보일 것만 같다.

목소리에 대한 나의 이런 애착은 얼마 지나지 않아
산산이 부서지는데…….

마지막으로 하나만

더 물어볼게요

"여보세요."

—박오하 씨 핸드폰 맞으시죠?

"네, 맞습니다."

—저는 서울중앙지방검찰청 형사2과 김봉호 수사관이라고 합니다. 통화 괜찮으십니까?

"네, 괜찮습니다."

—많이 당황스러우시겠지만 몇 가지 여쭙겠습니다. 혹시 중고 물품을 사고파는 인터넷 사이트 중고나라를

아십니까?

"네, 종종 이용하고 있습니다."

─국민은행 계좌를 가지고 계십니까?

"네, 잘 쓰고 있습니다."

─단도직입적으로 말씀드리겠습니다. 현재 박오하 씨의 국민은행 계좌 중 한 곳에 1800만 원 가량의 돈이 입금되어 있다는 걸 알고 계십니까?

"아니요. 저는 그만한 돈이 없습니다."

─아마 박오하 씨께서 오랫동안 거래하지 않았던 계좌가 있는 모양입니다. 수사 결과 박오하씨의 국민은행 계좌가 도용되어 범행 수익금 계좌로 이용된 사실이 밝혀졌습니다.

"아, 그런가요."

─하지만 다행스러운 것은 박오하씨가 계좌를 도용당한 피해자로 판단된다는 점입니다. 중고나라 사기단은 박유성을 비롯한 다섯 명으로 이루어져 있으며 현재까지 파악된 피해자는 전국적으로 140여 명, 피해액은 6억 원에 달합니다. 이에 대해 아는 바가 없으십니까?

"네, 깜깜무소식입니다."

―그렇다면 박오하 씨는 피해자로서, 참고인 전화 조사를 진행하고자 합니다. 이에 동의하십니까?

"네, 진행하셔도 좋습니다."

―이는 박오하 씨가 범행 사실을 전혀 몰랐고, 가담한 사실도 없다는 것을 밝혀내기 위한 절차입니다. 너그러이 협조 부탁드립니다. 녹취에 앞서 몇 가지 더 질문드리겠습니다.

"네, 그러세요."

―박오하 씨는 청주에 거주하는 박유성이라는 사람을 아십니까?

"아니요. 처음 듣는 이름입니다. 하지만 성이 같은 걸 보니 어머니의 먼 친척일 수도 있겠다는 생각이 드네요."

―1년 이내에 청주에 가신 적이 있습니까?

"아니요. 아, 잠깐만요. 청주라면⋯⋯. 작년 7월경 태어나 처음으로 가봤습니다."

―예, 그러셨군요. 작년 5월 20일경 국민은행 청주 가경동 지점에서 박오하 씨 소유의 계좌로 여러 차례에 걸쳐 총 1800만 원이 입금된 사실이 있습니다. 직접 거

래하신 게 맞습니까?

"아니요. 당시 저는 다른 곳에 있었습니다."

—그렇다면 박유성이 박오하 씨의 계좌를 도용하여 범행의 도구로 활용한 걸로 보이는데 어떠신가요.

"예, 그럴 수도 있겠네요."

—자, 그럼 지금부터 녹취를 시작하겠습니다. 녹취가 시작되면 조사가 종료될 때까지 전화를 끊으실 수 없습니다. 박오하 씨가 보유하고 계신 금융계좌 목록에 대하여 여쭤볼 것이며, 본 수사기관은 어떠한 경우에도 비밀번호에 대해 여쭤보지 않으니 안심하셔도 좋습니다. 녹취 파일은 이후 재판 과정에서 증거 자료로 활용될 수 있습니다. 말씀드린 내용을 이해하시고 녹취에 동의하시겠습니까?

"네, 근데 서울중앙지검이라고 하셨죠?"

—네, 맞습니다.

"제가 국선변호인으로 근무하고 있는데, 알고 계시나요?"

—예, 박오하 씨에 대한 신상 파악은 완료된 상태입니다. 그에 따라 박오하 씨는 용의선상에 두지 않았고,

단순 계좌 도용 피해자로 분류한 것입니다.

"감사하네요. 하나 더 여쭤볼게요. 제 휴대전화 번호
와 계좌는 어떻게 아셨지요?"

—서울중앙지방법원으로부터 금융계좌추적 영상을
발부받아 집행하였습니다.

"네, 그러셨군요. 지금까지 피해자는 몇 명 정도 조
사하셨나요?"

—절반쯤 했습니다.

"네, 고생이 많으시네요. 피해자 조사는 모두 전화로
진행하시는 건가요?"

—네, 참고인 신분이라 강제 소환할 수 없고 대부분
직장을 다니시기 때문에 검찰청으로 방문해 주실 것을
요청드리지 않고 있습니다.

"번거로우시겠네요. 마지막으로 하나만 더 물어볼게
요. 걸려온 번호가 휴대전화인데, 수사관님 중앙지검 일
반전화는 몇 번인가요? 저도 확인할 게 있어서요."

—네, 오삼공에 삼일일사로 하시면 됩니다.

"네, 제가 지금 사무실이라 이 전화는 그대로 두고
사무실 전화로 걸어볼게요. 잠시만요."

―뚜 뚜 뚜 뚜.

"여보세요?"

＊

이 사건 이후, 목소리로 사람을 가늠해 보는 일은 그만두어야겠다는 생각이 들었다. 전화를 걸어온 남성의 목소리는 다급한 듯하면서도 진중했다. 자기 일에 대한 긍지라고 해야 할까. 얼마간의 보람과 투철한 책임감을 가지고 일을 하는 사람이라는 인상을 받았다. 해서 갑작스런 전화에도 질문에 응해야겠다는 마음이 생겼던 것이다. 지금 생각해 보면 터무니없는 추측이었지만.

대화를 끌고 나가는 기술도 상당했다. 고강도 훈련을 받은 걸까. 아니면 평상시에도 능수능란, 구렁이 담 넘어가듯 어떤 일이든 당해낼 수 있는 사람일까. 나도 나름 당황하지 않고 간단히 답을 하며 이리저리 머리를 굴려보았지만, 자칫하다가는 말려들 뻔했다. 대학 교수나 현직 판사도 보이스피싱 사기를 당했다는 신문 기사가 생각났다.

예민함은 이럴 때 빛을 발한다. 나는 매년 금융결제원 정보 조회를 통해 내 명의로 된 금융계좌가 어떤 것들이 있는지 꼭 찾아본다. 이를 따로 메모장에 적어두고 해마다 갱신한다. 올해 새로 가입한 적금이 있다면 그에 관하여 메모장에도 반드시 적어두는 식이다. 메모장에 의하면 내게 그런 거액이 있는 계좌는 없었다. 더군다나 오랫동안 사용하지 않은 계좌라니. 그런 게 있을 리가.

이러한 꼼꼼함은 나의 전매특허다. 당해낼 사람이 없다. 저들에게도 남의 돈을 훔쳐내겠다는 집념이 있겠지만, 나에겐 검찰총장이 직접 전화한다 해도 꺾이지 않을 뚝심이 있다. 아닌 건 아닌 거다. 게다가 난 어디에서도 무시무시한 표창장을 받은 적이 없지 않은가.

통화가 더 길어지면 이렇게 말하고 싶었다. 저도 모르고 있던 걸 용케도 발견하셨네요. 마음껏 꺼내 쓰세요. 대신 현금영수증은 제 번호로 해주시고요. 번호는 알고 계시죠?

당신의

편지

마을버스 안.

"어이구, 보석보다 소중한 우리 수정이네."

고개를 들어보니 중년의 남자가 내 옆에 앉은 학생에게 손을 내밀어 악수를 청한다.

"어, 안녕하세요. 잘 지내셨어요?"

"응, 내가 지방에 다닌다고 많이 못 챙겨줬네. 잘 있지?"

"네, 잘 있어요. 민경이도 자주 봐요."

"민경이는 걱정 없지. 이번에도 영어 시험 100점 받았다고 하더라."

"네, 민경이 정말 잘해요. 착하구요."

원룸 주인과 세입자일까. 어떤 관계일지 궁금해졌다.

"민서는 말썽이야 여전히. 내 맘 같지 않네."

"민서가 이제 중2죠?"

"응."

"……민서도 자기 맘같이 잘 안 될 거예요, 아마."

응? 내 마음도 덩달아 움츠러들어 더 유심히 들어본다.

"내가 1년에 8개월을 지방에 있잖아. 그래서 어려워."

"아주머니도 지방에 계세요?"

"아니, 우린 엄마가 없잖아."

고개를 들어 그의 얼굴을 바라본다. 싱긋 입꼬리를 올려놓았는데도 웃음이 아련하다. 몽롱한 미소다. 표정에 엄살이 없고 억지가 없다. 헛것이 없었다. 기대도 없었다.

"네?"
"엄마 없은 지 오래됐어, 우리."
"아……."

난 고개를 떨어뜨리고야 만다. 학생은 잠시 딴 곳을 본다.

"그…… 고모님은 지금도 근처에 사시죠?"
"응, 그나마 애들 고모가 많이 힘이 되지. 근데 걔가 요새 교회에 안 와. 오빠 교회에 가면 상처되는 말을 많이 들어서 싫대."
"네?"

"엄마 없는 애들 돌본다느니 뭐 그런 거 있잖아. 어렵네."

"괜찮아질 거예요. 민경이가 씩씩하고 잘하니까요. 저희도 많이 도울게요."

"그래, 내가 사실 민경이 때문에 살어."

자꾸만 가슴 한구석이 콕콕 쑤셔와 가만히 있기가 힘들다. 괜스레 엉덩이를 들썩거려 본다. 창밖을 내다보기도 한다. 모질고 시커먼 밤이었다. 창틈으로 스며드는 밤공기가 예사롭지 않았고 밤의 냄새는 메케했다. 학생의 발랄하고 지혜로운 말투가 절실했다.

"민서도 앞으로 나아질 거예요! 언니가 그렇게 잘하니까요."

"응, 그래야지. 나 여기서 먼저 내릴게. 잘 가구."

"네, 안녕히 가세요."

＊

안녕…… 하셨나요? 오늘만이라도. "제가 도울 일 있
으면 말씀하세요." 말을 건네고 싶었지만 그러질 못했
네요. 말 한마디 건네는 것도 제 맘같이 잘 되질 않더군
요. 엄마 없는 세상에 대해 잠시 생각해 보았습니다. 신
은 모든 곳에 있을 수 없기에 어머니라는 존재를 창조
했다는 그 흔한 말조차도 민서에게는 아무런 위로가 되
지 않겠네요. 얼른 달려가 민서의 머리를 한 번 쓰다듬
어 주고 싶지만 그럴 수도 없었습니다. 제가 할 수 있는
거라곤 이렇게 혼자 앉아 생각에 잠기는 것뿐이라 참
무기력해지는 밤이었습니다.

할머니가 돌아가신 뒤 고향에 계신 부모님을 찾아
뵈었던 날의 일입니다. 늘 그래왔듯 어머니 손을 잡고
해안가 산책로를 걸었습니다. 하필 그날따라 곁에서 홀
로 걷고 계시던 아버지의 속마음이 들려오는 것 같았습
니다.

'아들. 넌 엄마가 있어서 좋겠다. 난 더 이상 엄마가 없거든.'

할머니에 대한 아버지의 사랑을 익히 알고 있던 터라 그런 생각이 들었던 걸까요. 가슴이 먹먹해져 그만 엉겁결에 어머니 손을 놓고 말았습니다. 반짝이는 남해의 빛깔은 어찌나 아름답던지……. 아버지의 뒷모습을 바라보며 한동안 말없이 걸었습니다. 엄마 없는 슬픔이 가늠되지 않았습니다. 그 슬픔을 알게 되는 날, 민서도 그런 생각을 하게 될까요. 어머니에게 칭얼대는 누군가의 뒤를 따라 걷다 문득 놀라 멈춰 서게 될까요. 좋겠다. 난 엄마가 없는데…….

꼬불꼬불 골목길을 따라 마을버스는 요리조리 잘도 달려나갔습니다. 저는 그대로 앉아 애달파진 마음을 어찌하지 못하고 있었습니다. 옆자리에 앉은 학생의 귀엣말도 들려오는 듯했어요.
'슬퍼요. 아저씨, 원래 이렇게 슬픈 건가요.'
저는 그 말에 아무런 대답도 하지 못했습니다. 마음

이 가난하여 해줄 말이 떠오르지 않았습니다. 단지, 그 아름다운 마음을 보듬어주고 싶었습니다. 보이지 않게, 아무도 몰래. 마음만으로라도.

나도 성격

있
어
요

"그 사람 질이 안 좋아. 자네도 겪어봐서 잘 알지?"

저도 그다지 질 좋은 편은 아니에요…….

"걔요? 걔 성격 있어요. 형은 아직 모르시나?"

나도 성격 있어요. 지금 사무실이라서 얌전한 척하
는 거지 저도 완전 돌+아이예요.

속으로 혼잣말을 한다. 굳이 욕먹는 사람 편이 되어

주려는 것은 아니고, 과연 나에게 누군가를 손가락질할 만한 자격이 있는지 알지 못해서다.

'맞아요. 그분 좀 그래요.'라거나 '맞아, 걔 눈빛이 장난 아니더라.'라고 쉽게 말하지 못한다. 누구도 귀담아 듣지 않고, 그냥 듣고 넘길만한 말들도 함부로 꺼내놓지 못한다. 말이 돌고 돌아 결국 나에게도 그대로 돌아올까 봐.

뒤돌아보지

않는 사람

K형의 왼쪽 어깨는 살짝 들려있었다.

어김없이 산에 올라 피톤치드라는 것을 듬뿍 들이마시며 걷던 중이었다. 익숙한 뒷모습이 보였는데 아니나 다를까, 같은 건물에 사는 K형이었다.

K형과 알게 된 지는 8년이 넘었지만 절친한 편은 아니라서 크게 불러 세우긴 어색했다. 뒤돌아보면 활짝 웃으며 놀래켜 줘야지, 생각하고 그냥 걸었는데 20분이

넘도록 그 뒤를 졸졸 따라다니는 꼴이 되고 말았다. K형이 한 번도 뒤를 돌아보지 않았기 때문이다.

산길에는 의자가 놓여있는 곳마다 아저씨 아주머니들이 삼삼오오 모여있었다. 막걸리와 단감과 귤, 거기다 온갖 종류의 떡들이 한 상 차려졌다.

막걸리 한 잔에 풍경 한 번, 귤 하나에 농담 한 번. 그분들은 나른한 오후 햇볕을 마음껏 즐기고 있었다. 그 바로 옆을 K형과 나는 씩씩거리며 걸어 나갔다.

이마에 맺히는 땀방울을 닦아가며 발을 움직였다. K형은 주머니를 뒤적이느라 두어 번 멈춰서기도 했다. 드디어 뒤를 돌아보는가 싶었지만 휴대전화를 꺼내 볼 뿐이었다.

K형의 몸짓은 마치 둘러멘 가방을 추스르는 것처럼 보였다. 맨몸으로 산을 오르고 있었지만 그는 무거운 가방을 메고 있는 것 같았다.

*

'앞으로. 앞으로. 앞으로. 지구는 둥그니까 자꾸 걸어 나기면. 온 세상 어린이를 다 만나고 오겠네.'

생각해 보니 나 역시도 길을 걸을 때 뒤를 돌아보지 않는 사람이었다. 어렴풋하게 그렇겠거니 하고는 있었지만 정작 다른 사람이 그러고 있는 모습을 바로 뒤에서 지켜보았을 때 느끼는 기분은 사뭇 달랐다.

왜 그렇게 우리는 앞만 보고 달려나가는 걸까. 남들보다 먼저 도착해야 할 곳이 있어서일까? 잠깐 멈추어서서 뒤돌아보면 눈살 찌푸릴 일이 많아서일까. 우리가 흘리고 온 것들. 땀과 눈물과 오물들. 그리고 우리가 손 놓아버린 것들. 누군가의 여린 손과 처음 적어내었던 다짐과 어떤 약속들. 그 무엇을 우리는 냉정히 뿌리치고 나아가고 있는 걸까.

*

어느 순간부터 K형의 몸이 옆으로 돌아서는 모퉁이

마다 나는 멈춰 섰다. 행여나 곁눈질에 내 모습이 드러날까 몸을 숨겼다. 그 틈을 타 나뭇잎을 들여다보고 하늘을 올려다보고 걸어온 먼 길을 뒤돌아보았다. 아득했다. 우물쭈물하다보니 양 갈래로 나뉜 길목에 접어들었고 그곳에서부터 K형은 오른쪽으로 나는 왼쪽으로 걷기 시작했다.

5648

하교 시간이 되면 사무실 근처 중고등학교 앞에는 외제차들이 일렬로 늘어진다. 집값 비싸기로 이름난 동네라서 그런지, 학구열이 넘치는 동네라서 그런지……. 그 광경을 바라보고 있으면 스멀스멀 옛 생각이 꿈틀거린다.

*

5648. 어린 시절 아버지의 차 번호는 5648이었다.

영업용 노란색 번호판에 새파랗고 자그마한 용달 트럭은 멀리서도 쉽게 눈에 띄었다. 대개는 걸어서 학교에 다녔지만 아버지의 차를 타야만 하는 날도 더러 있었다. 아이들이 왁자지껄 떠들며 등교하는 그 시간에 보란 듯이 트럭에서 내리는 일은 때때로 부끄러웠다. 어린 마음에 상처가 됐던 걸까. 그런 이유로, 갖은 핑계를 대며 멀리서 내려달라고 했던 적도 몇 번쯤 있다.

누구나의 아버지처럼, 내 아버지의 삶도 기구했다. 그런 아버지를 만나 결혼에 이르게 된 어머니의 삶도 그 길을 따라 흘렀다. 그런 시절이었다.

어머니의 저린 손과 아버지의 핏기 어린 흰자위를 바라보며 차츰차츰 슬픔을 알아갔다.

아버지는 평생을 소처럼 일했다. "내는 머슴이가." 가끔 우스갯소리로 하는 말씀이셨지만, 어린 마음으로 보아도 아버지의 신세는 처량해 보일 때가 많았다. "나는 내가 없다. 아들, 무슨 말인지 아나." 아리송하기만 했던 그 말도 이제는 조금씩 손에 닿을 것만 같다.

다시 그때로 돌아갈 수 있다면 나는 아버지의 트럭을 자랑스러워할 수 있을까. 그 시절 어린 나의 눈에는 무엇이 그렇게 창피해 보였던 걸까. 아버지의 직업과 경제력이 곧 나의 수준, 나의 잠재력으로 평가받는 것처럼 느껴져 싫었나. 아버지는 아버지고 나는 난데. 나는 다른 삶을 살 건데. 그렇게 속으로 외치고 있었던 걸까.

*

중학생 때, 아버지는 가족들에게 집을 나가겠다고 선언했다. 이유를 묻자 아버지는 말했다. 어머니, 누나, 나 이렇게 셋이서 아버지를 따돌린다고. 다른 말들은 기억나지 않는다. 따돌림을 당해 한껏 풀이 죽은, 아니 잔뜩 뿔이 난 아버지의 눈동자만이 기억에 남았다. 그리고 그 기억은 여전히 나를 흔든다.

어릴 적 내게 어머니는 태양이었다. 보배스러웠고 늘 따듯했다. 그에 반해 아버지는 딛고 선 땅처럼 눈에 보이지 않았다. 질박하고 묘연했다. 새삼스레 바라보아

야만 느낄 수 있었다. 자연스레 아버지보다는 어머니와
더 가깝게 지냈다.

집을 떠나겠다는 아버지의 말은 진심이었을까. 나는
아직 그 질문에서 한 발짝도 움직이지 못하고 있다. 정
말 그 시절 아버지는 우리에게, 나에게 충분히 사랑받지
못했던 걸까. 내가 아버지의 트럭을, 변변치 않은 아버
지의 직업을 부끄러워한다는 걸 다 알고 계셨을까. 아내
와 아들딸이 저희들끼리만 속닥속닥 즐거워 보여 남몰
래 한숨짓고 계셨던 걸까.

*

'아들, 넌 이 아빠처럼 살면 안 된다.'
'다른 건 몰라도 나처럼만은 안 돼. 아빠처럼 살지
않겠다고 약속해.'

아버지의 간절한 기도가 여전히 들려오는 듯하다.

시를

사랑하세요

집 밖에 나설 때는 꼭 시집을 챙겨 다닌다. 시집은 가벼우니 가방에 넣어도 부담스럽지 않다. 예기치 않게 시간이 붕 뜨게 되더라도 당황할 일 없다. 시집이 있으면 든든하다. 한두 시간쯤이야 어디서든 거뜬히 보낼 수 있다. 그곳이 지하철역 만남의 광장이든 급한 대로 들어간 맥도날드 2층의 창가 자리든 상관없다. 연필과 메모장도 함께라면 그야말로 물 만난 물고기다. 시를 따라 적고 떠오르는 생각을 흘려 쓰며 걸어 다니는 사람들을 바라본다. 때로는 되레 그 시간이 고맙게 느껴지기까지 한다. 평소에는 가지려야 가질 수 없는 시간이니까.

여행을 갈 때도 마찬가지다. 짐을 꾸리는데 시집이 없으면 허전하다. 낯선 여행지에서 읽는 시의 맛은 남다르다. 도저히 갈피를 잡을 수 없을 것만 같던 시도 어느새 이해가 간다. 냇버들 아래에서 바라보는 호숫가의 풍경은 나와 시의 거리를 좁혀준다. 불가사의한 여행과 시의 만남. 그 조우가 반갑다.

*

"시가 왜 좋아?" 누군가 내게 물었다. 시를 가까이하는 습관은 활자 중독이란 손쉬운 설명으로는 부족하다. 시는 그냥 좋다. 가만히 앉아 시를 읽는 그 시간도 참 좋다. "먹고 사는 데 도움 되냐?"라고 묻는다면, 글쎄……. 딱히 대꾸할 말은 없지만. 그런 걸 입 밖으로 꺼내 묻는 사람이라면 오래 볼 사이가 아닐 테니 개의치 않기로 한다.

시는 마음을 간지럽힌다. 시 속에는 골치 아픈 문젯거리도 없고 기성세대가 강요하는 인생의 모범 답안도 없다. 시는 현실에서의 도피이자 획일화에 대한 가장 확실한 반항이다. 어린 시절, 우리의 스케치북은 어떤 그림들로 채워졌던가? 모두가 같은 그림을 그려냈던가? 나는 그 질문에 대한 답을 시를 읽으며 찾곤 한다. 그곳엔 파격이 있고 돌발 행동이 있고 터무니없음이 있지만 고유한 무언가도 깃들어 있다.

*

잠자리에 들기 30분 전, 모든 전자기기를 멀리한다. 노트북, TV, 휴대폰을 멀찍이 두고 침실에 들어간다. 이불을 덮고 누워 시집을 펼쳐 읽는다. 그날 하루를 돌이켜 보는 일도, 내일 할 일을 되새기는 일도 꾹 참는다. 잠자리에 누워서까지 골치 아픈 현실의 일들을 생각하고 싶진 않다. 힘을 빼고 어깨를 추스른 뒤 가만히 침대 벽에 기대어 앉는다. 시를 읽으며 내 마음을 들여다본다. 요모조모 살펴보며 뭉쳐있던 감정의 응어리들을 풀

어준다. 마음속 깊이 숨어있던 응달에도 잠시 햇볕을 비
춘다. 시집을 열 때, 내 마음도 활짝 펼쳐둔다. 빛이 어
디로든 내려앉을 수 있게끔.

아주 중요한

사
람

가끔은 타인의 고통이 고스란히 내게 전해져 온다. 그 고통은 마치 내가 겪는 일인 것처럼 강렬해서 마침내 나를 움직이게 한다. 움직이지 않으면 내 머릿속에서 나는 죄인이 되어간다. '왜 돕지 않아? 어째서 모른 체하는 거야?'

*

"우리 누나 백혈병이란다."

K는 식탁을 내려다보며 툭, 말을 내뱉었다. 순간 온몸이 굳었다. 심장이 쿵쾅거렸다.

"괜찮나?"

"딱 한 가지 방법뿐이란다."

"뭔데 그게?"

"조혈모세포를 기증받아야 살 수 있다네."

"응?"

"예전에는 골수 이식이라고 불리던 건데. 누나랑 유전자 코드가 맞는 사람이 나타나야 이식을 받을 수 있단다. 그거 일치하는 사람 찾기가 하늘의 별 따기라네. 우리나라 기증 희망자가 너무 적어서 확률도 거의 없고."

그 길로 대한적십자사로 달려가 기증 의사를 밝혔다. K의 누나와 나의 유전자 코드는 일치하지 않았다.

그로부터 4년의 세월이 흐른 어느 날, 가톨릭 조혈모세포은행의 연락을 받았다. 나와 유전자가 일부 일치하는 환자가 나타났다고 했다. 조혈모세포는 혈액을 만드는 어머니 세포로서 형제자매 25퍼센트, 부모 5퍼센트 이내, 타인의 경우 수천수만 분의 1의 확률로 그 이식이 가능하다. 환자 가족으로서는 넋 놓고 기적을 기다릴 수밖에 없는 처지다. 그 기적은 기어이 나에게 찾아와 나를 시험에 빠뜨렸다.

당시 나는 매일 공부 시간을 기록해가며 담금질하는 수험생이었다. 기증을 위해서는 2박 3일간 병원에 입원해야 했다. 기증을 하고 난 후에도 한동안은 온 힘을 다해 공부할 수 있을 리가 없었다. 하루의 시간을 두고 고민을 하며 나와 연이 닿았던 이들 중 너무 빨리 세상과 등을 진 사람들을 떠올렸다. 공부를 할 수 없다고 해서 내 목숨이 위태로운 건 아니었다. 세포 이식을 통해 한 사람의 생명을 살리는 일은 평생에 한 번 있을까 말까 한 일이었다. 마음을 다잡고 기증 의사를 명확히 했다. 도울 수 있으면 돕고 싶었다. 그러지 않는다면 적어도 앞으로 몇 년간은 죄책감에 시달릴 게 분명했다. '너 때문에 사람이 죽었어. 네가 모른 체하는 바람에. 도울 수 있었잖아?'

*

　기증 한 달여 전 정밀 검진을 받았다. 4일 전부터는 매일 백혈구 촉진제 주사를 투여받았다. 간호사 한 분이 날마다 학교로 출장을 와주셨다.

　열람실 복도 한 귀퉁이에 숨어 앉아 주사를 맞았다. 복도를 지나다니는 동기생들이 흘깃흘깃 훔쳐보았다. '저 녀석 밤새려고 포도당 주사 맞는 거 아냐?' 알싸한 느낌이 몰려와 공부는 손을 놓고 휴식을 취했다. 이 때다 싶어 10권짜리 대하소설을 읽었다. 소설은 날 잡고 한숨에 읽어야 제맛이니까.

　기증 전날, 서울대병원 VIP실에 입원을 했다. 당시 옆 호실에는 전 대통령과 모 재벌 총수가 와 있었다. 좋은 일을 하면서 신기한 경험도 하니 긴장감이 덜어졌다. *매우 중요한* 일을 하고 있는 사람이라서, 그 예약도 어렵다는 서울대병원 VIP실을 내어준 걸까? 출세했다는 기분을 처음으로 느껴보았다. 그 순간만큼은 자타공인 VIP였다. 병원에서는 하루에도 몇 번씩 내 상태를 확인했다. 며칠만 더 있었더라면 허파에 바람이 들어갈 뻔했다. 하도 극진히 대해주는 바람에.

기증 당일, 약 다섯 시간에 걸쳐 조혈모세포 추출을 위한 성분 헌혈을 진행했다. 혈소판 헌혈을 할 때처럼 입안이 마르고 얼얼한 느낌이 지속됐지만 참지 못할 정도는 아니었다. 누군가를 살리는 길이라고 되뇌었다.

살면서 누군가의 마음에 상처를 낸 일은 적지 않겠지만 누군가를 살게 한 일은 없었다. 그 마음의 빚도 갚고 싶었다. 마치 미신을 믿듯이, 이 사람을 살게 하면 다른 이들에게 저지른 내 과오들이 사라지지 않을까. 그렇게 여겼다.

—

K의 누나도 극적으로 세포 이식을 받았습니다. 지금도 건강하십니다.

로열패밀리의

오
바
이
트

그 친구 아버지는 뭐 하신대?

뜬금없는 질문으로 말문을 여는 사람들이 있다. 그런
게 왜 궁금하지. 아버지가 안 계신다고 하면 어쩌려고.

부모 직업부터 물어보는 사람 열에 여덟은 본인 얘
기를 떠벌리고 싶은 경우다. 넌 무슨 패 쥐고 있냐, 한번
붙어볼까? 비웃음을 머금은 입꼬리도 여럿 보았다. 하도
부모 얘기만 늘어놓는 바람에 되물을 뻔한 적도 있다. 그
래서, 그 사람 자식이라는 거 빼고 넌 어떤 사람인데? 우

리 지금 천하 제일 아버지 대회 하는 거니?

*

어쩜 이렇게 다들 부유한 걸까. 부의 세습은 이미 끝난 것처럼 보인다. 학벌 대물림과 부동산 관리로 아주 손쉽게 갈무리되었다.

동기들 중에는 국회의원 아들들이 심심치 않게 보였다. 어디 부장검사 아들은 예사고 대법관 아들까지 있었다. 현직만 놓고 했던 이야기니 할아버지 큰아버지 일가친척 다 동원하면 대부분 한 가닥씩 하는 집안 출신일 게 분명했다.

물론 개천에서 난 도롱뇽도 있겠지만 그런 이들은 구설수에 오르지 않는다. 들판에 핀 잡초에게 아무도 관심 가지지 않는 것처럼 그들은 그저 홀로 피어날 뿐이니까.

언젠가 유명 의대 출신 의사와 함께 점심을 먹는 중이었다.

"장인이 치과의산데, 작은 아버지는 한의사고……. 와이프는 본과 후배야."

뭐, 계속 나와? 집안에 사자 돌림이 끊이질 않네.

버팀목 전세대출을 받아 신혼집을 구했다는 나의 말에 그는 눈살을 찌푸렸다.

"버팀목?"

"네, 나라에서 빌려주는 거 있어요."

"아 그래? 이자는 좀 싸냐?"

"그럼요. 시중 금리 중에는 제일 싸죠."

"아무나 해주는 건 아닐 거 아냐."

"되게 까다롭긴 해요. 소득 수준이라든지 뭐 그런 거 있잖아요. 이제 막 돈 벌기 시작했는데 집 살 돈이 어디 있겠어요. 대출 받아서 전세 들어가야지."

"하긴. 없이 살면 불편한 게 많지."

"네?"

맞은편에 앉아 열심히 김치찌개를 뒤적거리는 그에게 내심 한마디 해주고 싶었다. 많이 드세요. 뒤적뒤적 잘 골라 드세요. 먹고 싶은 만큼 드시고, 갖고 싶은 만큼 실컷 가지세요. 오바이트할 것 같으면 미리 알려나 주시고요.

—

오바이트는 'over'와 'eat'의 결합어라고 합니다. 꽤나 직관적이라는 생각이 들어요.

아이고

두
야

아내가 말했다. "다음 주 내내 무두절이다!"

무두절? 오랜만에 들어보는 단어였다. 그러고 보니
여러 부서원 중 한 명이었던 내가, 어느새 부서장을 맡
고 있다. 무두절 할 때 그 '두'가 나였다. 아차, 내가 두
였어? 으악!!

궁금한 게 하나 생겼다. 우리 사무실에 무두절이 있
긴 있을까? 나는 기본적으로 개인의 자유와 사생활을

존중하는 편이라(다른 말로 하면 혼자 있는 걸 *굉장히 좋아하는 성격이라*) 웬만해서는 업무 외의 일로 부서원들에게 말을 걸지 않는다. 그래서인지 부서원들은 내가 있는지 없는지도 모를 때가 많다.

똑똑.

"네."

"아, 실장님 안에 계셨어요? 없으신가 해서……."

이런 일이 자주 일어난다.

나는 있는 듯 없는 듯 지내길 원하고 다행히 그거 하나 해내고 있는 것 같다. 점심 정도야 가끔 다 같이 먹기도 하지만 저녁 회식을 제안해 본 적은 당연히 없다.

일과 생활은 엄격히 나눈다. 퇴근은 내게도 곧 해방을 의미하니까. 저녁이 있는 삶은 결코 포기할 수 없다. 부서원들이야 오죽할까. 종종 오후의 홍차를 마시며 이런저런 이야기를 나누기라도 하는 날에는, 간만에 실컷 떠들어서 즐거웠다는 말까지 듣는다.

*

　기호학자, 미학자, 언어학자, 철학자, 소설가……. 이
모든 수식어를 떠안은 움베르토 에코. 어느 날 그에게
기자가 물었다.

　"당신이 그렇게 광범위한 영역에서 재능을 발휘할
수 있었던 비결은 도대체 뭔가요?"

　잠시 고민에 잠겼던 에코는 조용히 말했다. "*완강한
무관심입니다.*"

　어린 시절 접한 이 에코의 일화는 내게 큰 인상을 남
겼다. 풍부한 호기심, 지치지 않는 열정, 남다른 정력 등
판에 박힌 모범답안과는 영 딴판이라 짜릿하기까지 했
다. 나는 환호했다. '그래! 이거지!!'

　에코는 자신이 관심 없는 것에 대해서는 극도로 무
관심한 편이라고 말했다. 그게 정신건강에도 분명히 이
롭다고.

　내 경우에는 타인의 일상다반사가 그렇다. 시시콜콜
사생활을 캐묻거나 이러쿵저러쿵 남의 일에 훈수 두는

일은 별로 하고 싶지 않다. 딱히 관심도 없고 무엇보다도 그다지 궁금하지가 않다.

"어떻게 그럴 수 있냐! 세상 너 혼자 사냐?"

글쎄…… 긁적긁적. 아주 그런 것 같지는 않은데, 생각해 보면 그 말이 완전히 틀린 말도 아닌 것 같아 뭐라 말하기가 애매하다. 누구나 결국엔 혼자인 법이니까.

내가 정말 어떤 사람인지 탐구하기도 전에 남들과 어울려 다니기만 하면, 작은 바람에도 휘청거리는 갈대가 되지 않을까. 그리고 사실은 누구나 온전히 혼자인 시간을 간절히 원하고 있지 않을까.

'지긋지긋해, 정말. 나 좀 가만히 내버려 두면 안 돼?'

'부장이 미쳤나. 일은 안 하고 자꾸 싸돌아다니네. 일 하나 안 하나 감시하는 거야 지금?'

'하늘이시여. 제게 5일간의 나 홀로 집에를 허락하소서. 비나이다. 비나이다.'

우리는 홀로 있을 때 평온하다. 잔잔한 수면 아래서 느긋느긋 잠영을 이어간다. 때때로 의자에 편안히 기대고 앉아 어제를 돌아보고 나 자신의 안부도 묻는다. 이게 행복이지, 싶다. 그러다 예상치 못한 순간 타인이 불쑥 나타난다. "어이. 뭐 하냐?" 갑자기 급물살이 일고 거대한 파도가 몰려온다. 헐레벌떡 자리에서 일어나 보려 하지만 물결의 맹렬한 기세에 눌려 허우적거린다.

"으-응? 뭐가?"

"뭐긴 뭐야. 일 안 해!"

혼비백산하며 정신 차리고 앉는다.

우리 사무실엔 이런 일이 없었으면 좋겠다.

그리고 무두절도 없기를. 꼭.

눈치 게임,

시작!

모처럼 여럿이 모인 회식 자리. 이쪽 테이블에 셋, 옆 테이블에 넷. 이렇게 일곱 명이 자리를 잡고 앉는다. 모두 앉고 나면 한 사람이 말문을 튼다.

"어제 뉴스 다들 봤지? 빗길에 운전 조심해야 돼. 특히 멀리서 다니는 박 차장."

처음에는 그 이외에 나머지 여섯 명 모두 귀를 기울인다. 말하는 사람을 쳐다보려 몸을 앞으로 굽히기도 한다. 그렇게 일곱 사람이 대화에 함께 올라타 있다. 하지만 귀담아듣지 않아도 되는 말이 끝없이 이어지려 하자 끄트머리에 앉은 두 명이 조심스레 둘만의 대화를 시작한다.

"저번에 그건 어떻게 됐어요?"

"뭐요?"

"왜 그거 있잖아요. 옆 팀 A씨가 B 과장하고 한바탕 했다던데."

"아, 그거요. 아직 못 들었어요?"

새로운 대화의 물꼬가 트이자 그 옆에 앉은 사람은 우왕좌왕한다. 이쪽 이야기에 끼어들지, 아까 그 대화에 계속 남아있을지, 그것도 아니라면 에라 모르겠다! 하고서 나도 내 옆 사람이랑 다른 얘기나 해버릴지 눈치를 살핀다. 찰나의 분위기를 살피는 그. 여기서 그의 성격에 따라 행동 패턴을 가늠해 보자.

만약 그가 사교적이고 다분히 외향적인 사람이라면? 그는 금세 자기 옆 사람 혹은 맞은편에 앉은 사람에게 말을 건넬 게 분명하다. 어떻게 하다 보니 이쪽도 저쪽도 모두 자기랑은 별 상관없는 대화를 주고받게 되었지만 그만한 소외감쯤이야 개의치 않는다. 곧바로 제 살길을 찾아간다.

그가 예민하고 얼마쯤 소심한 사람이라면 어떨까? 그는 가만히 앉아 듣고만 있을 확률이 높다. 여기도 저기도 끼지 않은 채 멀뚱멀뚱 앉아있는 것. 사실 주변 사람들 대화는 그의 귀에 잘 들어오지도 않는다. 그냥 가끔 고개를 끄덕이고 사람들의 얼굴이나 쳐다볼 뿐이다. 시간을 견디고 있을 따름. '음식 나오면 다들 조용해질 거야. 저렇게 종일 떠들면 입 안 아프나? 앗. 이 대리 코털 삐져나왔다!'

사람들 사이에 흐르는 미묘한 기류의 변화, 우린 그걸 알아차린다. 물론 은근슬쩍 고개를 내미는 코털의 존재도 즉각 발견해 내지만 그건 덤으로 딸려오는 유희일 뿐. 대화의 흐름, 사람들의 반응과 호응을 살피며 낄 때와 빠질 때를 분별해 낸다. 대개 대화에 완전히 뛰어들지 않고 한 걸음 뒤로 빠져있기는 해도 늘 면밀히 상황을 주시한다.

　우리보다도 더, 유난히 그날 대화에서 소외된 사람이 보이면 부러 그에게 말을 붙이기도 한다. 식탁 위에 놓인 계란말이를 집으며 "혹시 달걀 일련번호 끝자리가 뭘 의미하는지 아세요?"라거나 때로는 단도직입적으로 "여기 지루하죠?" 하고 물어본다. "저는 지루해서요."라고 속삭이는 것도 잊지 않으며.

　—

　회의 때마다 고개 푹 숙이고 이응과 미음을 모조리 꺼멓게 색칠해 넣는 분들도 계시던데…… 솔직히 재밌어 보여요.

당신 그렇게

일
만
하
면
바
보
돼

깨끗이 씻은 시신을 수술대에 눕히고 이곳저곳 사진을 찍으며 부검은 시작된다. 맨 먼저 몸의 앞면을 일자로 죽 찢어낸다. 펜치로 갈비뼈를 부순다. 폐, 간, 심장, 콩팥 등 주요 장기들을 들어낸다. 그다음, 뇌를 꺼낸다. 머리카락을 아무렇게나 잘라낸 뒤 두피를 벗기고 뇌를 감싸고 있던 단단한 두개골을 톱으로 썰어낸다.

시체 부검 과정을 참관했다. 수습생 참관실로 들어

가 유리창 너머로 바쁘게 진행되는 부검 장면을 보고 있자니 들어가기 전의 긴장감은 온데간데없어졌다. 모든 게 사무적으로 보였다.

법의관 한 명, 조사관 두 명, 촬영기사 한 명. 이렇게 네 명이 한 팀으로 움직였다. 그날은 경찰 소속 신임 검시관들이 실습을 나온 까닭에 십수 명이 더 달라붙어 분주하게 손과 발을 놀려댔다.

누군가는 찢고 깨부수느라 바빴고 누군가는 본 것을 받아 적고 그 사실로부터 멀어지느라 경황이 없었다.

시신은 열한 구였다. 사체는 불발탄 같았다. 발사되지 않았거나 발사되었지만 터지지 않은 정갈한 탄알. 한편으로는 흘러간 노래 같기도 했다. 사체의 얼굴은 무고했다.

*

20대 초반 시절 읽은 자기계발서에는 단골처럼 등장하던 말들이 있었다.

삶이 무료하다고 느껴진다면 새벽 네 시에 수산시장에 가볼 것. 왜 살아야 하는지 모르겠다면 병원 장례식장을 가볼 것. 별안간 모든 게 허무해질 때면 신생아실에서 갓 태어난 아기들의 울음소리를 들어볼 것.

불과 며칠 전까지만 하더라도 오욕칠정을 지닌 한 사람의 인간으로 살아가고 있었을 생명이 호흡이 끊어지고 발가벗겨진 채 수술대에 누워있는 모습은 그 누구에게라도 충격과 여러 생각을 안겨줄 것이 분명해 보였다.

하지만 이날 더 인상 깊었던 것은 지도검사와의 대화였다.

육중한 몸을 이끌고 검사실이 좁다며 복도 끝 영상녹화실로 향하는 검사의 우중충한 뒷모습과 코앞에서 바라본 벌건 두 눈동자. 자정 이전에는 귀가해본 적 없다는 거짓 섞인 소심한 고백, 잡혀 온 피의자들은 하나같이 말도 안 되는 소리만 늘어놓아 너무 힘들다고 잠시 허탈하게 웃음 짓던 얼굴, 누군가와 밥이라도 잘못 먹었다가는 자칫 구설수에 오를 수 있다고, 무서운 세상이라며 공허함을 담아내던 옆얼굴.

그의 잔상은 죽음과 삶에 대해 고민하던 내게 우리가 속해있는 세상에 그런 배부른 감상 따위가 자리할 곳이 어디 있느냐고 질책해왔다. 마치 검사라는 직업을 부검하고 있는 기분이었다. 그는 죽음과 삶의 샛길에서 간신히 명멸하고 있는 초라한 등대 같았다.

—

영화 〈샤이닝〉에서는 이 문장이 여러 번 반복됩니다.

"All work and no play makes jack a dull boy."
당신 그렇게 일만 하면 바보 돼.

하는 사람,

받는 사람

눈이 마주쳤다.

실무수습생 신분으로 서울중앙지방검찰청에 출근한 날의 일이다.

법원 휴정기라 그런지 건물은 한산해 보였지만 4층만큼은 달랐다. 곳곳에 수형복을 입은 사람과 그들을 감시하는 경찰들이 있었다.

30년이 다 되어가는 건물답게 검사실은 열악했다.

서울중앙지검은 우리나라에서 가장 크고 가장 중요한 검찰청이라 불리는 곳으로, 150여 명의 검사와 600여 명의 검찰수사관 등 총 2000여 명의 직원들이 근무하고 있는 곳이다. 워낙 많은 사람이 있다 보니 누가 검사이고 누가 일반인인지를 차림새만으로는 쉽게 구분할 수 없다고 했다. 그런 이유에서인지 지도 검사는 몸가짐에 특히 주의를 주었다. 한 사람 한 사람의 복장, 걸음걸이, 말소리가 검찰에 대한 이미지를 만든다는 이유에서였다.

하여 최대한 자연스럽게 그곳의 신출내기 직원인 것처럼 형사부 복도를 걸으며 문이 열린 검사실을 훔쳐보고 있었다. 그러다 어느 한 검사실 앞에서 눈이 마주친 것이다. 한 사람은 시커먼 얼굴에 수염을 덥수룩하게 기른 중년의 남자였고, 또 한 사람은 그 사람을 조사하고 있는 젊은 수사관이었다. 그는 날카로운 눈매를 더해주는 금속 안경테에 깨끗하게 다림질된 흰 셔츠를 입고 컴퓨터 자판을 연신 두드리고 있었다. 그 두 사람이 한순간에 나를 쳐다보았다.

＊

눈빛과 사람의 인상에는 살아온 인생 전부가 담기는 걸까 아니면 단지 지금 이 순간의 내 처지와 감정만 담기는 걸까. 두 사람의 눈에 나는 어떤 사람처럼 비쳤을까. 가늠할 수 없었다. 과연 저 수사관의 삶은 먼지 한 톨 없이 깨끗했을까. 중년 남성의 과거에 아름다운 순간은 없었을까. 묵묵히 생각에 잠긴 채 발끝만 보며 복도 끝까지 걸었다.

화가 오딜롱 르동을 생각했다. 기괴한 눈동자를 그리던 르동은 어느 날부터인가 아리따운 화병을 그리기 시작했다. 어둠과 우울로 가득했던 그의 화폭은 색채와 빛으로 물들었다. 좁힐 수 없는 그 거리가 아득했다. 다시 두 사람을 생각했다. 한 치 앞에 서로가 있었지만 둘은 가깝지 않았다. 낯설고 멀었다. 그 까마득함이 나에게 몰려와 고개를 짓눌렀다. 두 개의 삶, 각각에 대한 가능성은 나에게도 있었다. 함께 밤을 지새우며 꿈을 나누던 친구 Y는 순간의 잘못된 선택으로 실형을 선고받았고, 학창시절 단짝이었던 H는 도박에 손을 대 불법대부 업체 건달에게 쫓기는 신세가 되었다.

　나락으로 떨어지는 샛길과 잘 닦인 도로는 늘 맞닿아 있다. 수사를 하는 사람이 되느냐 수사를 받는 사람이 되느냐도 그렇다. 그러한 감각이 나를 파고들었다. 그 감각으로부터 줄행랑을 쳐야만 했다.

당신의

일
기
2

일요일

돌잔치에 다녀왔다. 사회자가 몇몇 사람을 일으켜
세워 요청했다. 오늘의 주인공에게 덕담 한마디씩 해주
세요. 지목된 이들이 마지못해 말을 꺼냈다.

"나라의 인재가 되어라."

"부모님 말씀 잘 듣고 지금처럼 건강하게 무럭무럭
자라다오."

"잘 먹고 잘 살아라!"

한바탕 행사가 끝나고 뷔페 음식들을 가지러 다니고 있자니 온갖 생각들이 머릿속을 가득 채웠다. 만약 내가 지목되었더라면 나는 무슨 말을 할 수 있었을까.

'아무 말이나 할 순 없는데⋯⋯.'
'한두 마디로 끝내야 하니 무슨 대단한 걸 말할 수도 없을걸?'
'대단한 말을 하겠다는 게 아니잖아. 그게 한 문장이 됐건 한 시간짜리 발표가 됐건 그 안에 내가 담기는데.'
'때로는 뻔한 말밖에 할 수 없는 때도 있는 거야.'

그러다 예전에 읽은 책의 한 대목까지 떠올려 냈다. 갓 태어난 아이를 위한 기도였다.
"아이야, 용기를 가지렴."
책으로 읽었을 때는 사뭇 감동적이던 말이지만 막상 입으로 꺼내려고 보니 어색했다. 그 자리에서 다짜고짜 '용기를 내!'라고 말하는 건 너무 뜬금없지 않을까. 혼자 무슨 생각이 이리도 많은 건지. 그냥 남들처럼 가볍게 건강하라고 한마디 하고 앉으면 그만인 것을.

월요일

발표 순서가 다가오면 여지없이 심장이 쿵쾅거리기 시작한다. 괜스레 샤프를 만지작거린다. 이런 걸 울렁증이라고 하려나. 울렁-울렁 울렁대는 가슴 안고. 노랫말을 흥얼거리며 웃어넘기고 싶지만 그러기 힘들 때가 있다.

신입생 교육을 거의 매주 하다 보니 이제는 긴장감 없이 설 만도 하건만, 가끔은 별다른 이유도 없이 심장 박동이 잽싸게 도망가는 고양이처럼 빠르게 널뛰기를 한다.

천천히 그러나 확실히 내 차례가 다가올 때 특히 그렇다. 학창 시절 출석 부를 때 유난히 그랬다. 수많은 이름이 가나다순으로 나를 향해 다가왔다. 김철수, 네. 나영희, 네. 박민경, 네. 박오하, 네!

말은 늘 내뱉고 나면 후련함 반, 아쉬움 반이다. '또박또박 더 조리 있게 말할 수 있었는데…… . 다음번에는 더 깔끔하게 말해야지.' 혼자 그러고 앉았다. 아무도 기억도 못할 텐데. 내가 발표하다 말고 춤을 추건, 내려오는 길에 미끄덩 넘어지건, 다 그때뿐일 텐데.

화요일

'이미 사용 중인 닉네임입니다.'

별명을 만들어야 할 때마다 참 난감하다. 인터넷 카페에 가입한다거나 워크숍 명목으로 어디 연수회를 가서 내 앞에 이름표를 만들어 놓아야 할 때.

평소 자기 모습을 내려놓으라는 건지, 레크리에이션 강사들만의 암묵적인 약속인 건지 자꾸 별명을 만들어 내라고 한다. 그런 건 쥐약인데…….

아무거나 떠오르는 대로 적기도 애매하고, 그렇다고 그거 하나에만 매달려 있을 수도 없다. 특히 인터넷 카페는 웬만큼 부르기 쉬운 이름들 모두 이미 누군가가 사용 중이다.

아이디도 다르지 않다. 이곳 저곳 가입할 때마다 바꿔 쓸 순 없으니 고정된 나만의 것이 필요하다. 어릴 적 버디버디, 싸이월드, 네이트온이 나왔을 때만 해도 영문

이름에 1004를 붙여 쓴다든지 보기에 예쁜 이름을 만든답시고 별 뜻 없이 괴상한 모양을 만들어 내기도 했다. T없이맑은, 사랑해서미안, 도도한어쩌구저쩌구, 깜찍이소다 따위의 말들. 지금 생각해 보면……. 과거가 과거라서 참 다행이다.

수요일

휴가를 썼다. 특별한 일이 있는 건 아니다. 연차 일수가 남았으니 그냥 쉬기로 했다.

하릴없는 휴식이 좋다. 부산 떨지 않아도 되니 그저 한가롭다. '9와 숫자들'의 음악을 켜두고 홀로 책을 읽으며 차를 마신다. '9'가 새로 낸 앨범도 구매했다. 그의 노래를 듣고 있으면 한 편의 시를 읽는 것 같다.

이번 휴가 때는 책도 많이 샀다. 여덟 권인가. 한번에 그렇게 많은 책을 산 건 처음이다. 그래봐야 4만 원밖에 안 했다. 중고 책인 걸 감안하더라도 너무 저렴한 거 아닌가? 이런 좋은 책들을 이 가격에 사도 괜찮은 걸까? 그러면서도 한 편으로는 싸게 잘 산 것 같아 뿌듯했다. 구하기 힘든 책도 구했고, 중고는 뭐가 됐든 먼저 사는 사람이 임자니까.

이러고 있자니 스스로 파렴치한이 된 것만 같다. 학생 때는 돈이 없다고 도서관에서 빌려 읽고, 지금은 벌이가 적다고 중고 서점을 즐겨 찾다니. 거기다 아무 이유 없이 휴가를 써서 일하고 있는 아내를 약 올리기까지……. 아, 한가롭다.

목요일

카페에 갔다. 볼일이 생겨 화장실로 향했다. 문이 닫혀있었다. 그럴 때 내가 가장 먼저 하는 일은? 대뜸 손잡이를 잡고 돌려볼까? 땡! 아니다. 잠깐 멈춰 서서 귀를 기울인다. 소리가 들리지 않으면 노크를 해본다. 똑똑. 똑똑똑. 속으로, 거기 누구 계세요? 하고 물어본다. 인기척이 있든 없든 먼저 노크를 한다. 문이 덜컥 열렸을 때 누군가의 낯 뜨겁고 어정쩡한 자세를 보게 될까 봐. 화장실 문 앞에서 두드리고 기다린다. 소리가 없으면, 역시 없으셨군요! 하고 그제야 문을 연다. 시간을 들여 장소를 살피는 건 거기 있을지도 모르는 누군가를 위하는 일이라, 품이 들더라도 꼭 그렇게 한다.

금요일

오랜만에 서울에 왔다. 서교동 카밀로 라자네리아에서 아내와 저녁을 먹었다. 황홀했다. 이탈리아 북부 작은 마을의 모퉁이 식당에서 겪을 법한 저녁 식사였다. 이탈리아에 가보지는 않았지만 정말 그럴 거라고 믿는다.

주황빛 백열등 조명, 코앞에서 바삐 움직이는 요리사들의 분주함, 과하지도 부족하지도 않은 친절, 거기에 정점을 찍는 음식의 맛까지.

라자냐의 첫인상은 애플파이를 닮았다. 네모나고 겹겹이 쌓인 층층이 옹골차다. '저게 파스타라고? 거대한 미국식 파이 아닌가?' 머릿속에 떠오른 의문은 한입에 무너져 내린다. '이거구나! 이탈리아 북부의 맛!' 다진 고기와 토마토를 걸쭉하게 끓여 만든 라구 소스의 풍미는 입맛을 돋우고, 강판으로 곱게 갈아 라자냐 위에 내려앉는 치즈의 춤사위는 눈길을 사로잡는다.

"오늘 저희가 준비한 와인은 남아공 와인입니다." 투명한 잔에 붉게 차오르는 와인의 빛깔처럼 내 마음도 서서히 발그레 데워진다. "행복하다……." 느닷없이 말이 툭 튀어나온다. 충만하고 가슴 벅찬 순간 앞에서 나는 속수무책이다. 무방비 상태로 당하고 만다. '누군가의 저녁 한 끼를 책임진다는 거, 그건 정말 대단한 일인 것 같아.' 불현듯 생각이 머리를 스친다. 가게 문 앞에 서서 매서운 눈초리로 가게 안팎을 살피는 주방장을 향해 살짝 고개를 숙인다. 고맙습니다. 정말이에요.

다음 코스는 동교로 퀜치 커피. 들뜨거나 내세우지 않는 곳. 자그마한 다락방을 닮은 이 카페는 가만히 앉아 지그시 바라보기에 좋았다. 그날 하루가 어땠는지 단골손님들과 소소한 안부를 주고받는 남자 바리스타의 적당한 수다, 총총걸음으로 문을 닫고 나가 길고양이에게 먹이를 건네는 여자 바리스타의 온화한 몸놀림, 흑갈색 수납장에 벽면 가득 놓인 단정한 찻잔들까지. 따뜻하고 편안했다.

"집 앞에 이런 곳이 있으면 참 좋겠다. 그러면 자주 올 텐데……."

번화한 거리에서 사람들 틈에 몸을 숨겨 걸을 때면 다급하고 초조하다. 무언가에 쫓기는 것만 같고 얼른 이곳을 빠져나가고 싶다는 생각뿐이다. 그에 반해 퀜치 커피 같은 곳이라면 몇 시간이라도 홀로 앉아있을 수 있다. 시간이 느리게 가는 것만 같아서. 누구 하나 조급해하지 않고 안달 내지 않아서.

이곳은 커피도 주인을 빼닮았다. 사분사분하고 소담하다. 가벼운 듯 보이지만 중심이 잡혀있다. 갑자기 여러 손님이 몰려와 주문이 밀려들어도 서두르는 법이 없다. 그저 정해진 용량의 원두를 계량해 넣고 찬찬히 뜨거운 물을 부을 뿐이다. 아무리 바빠도 바늘허리 메어 쓰지 못한다는 걸 잘 알고 있는 것 같다. 내가 머리로만 알고 있는 그 중요한 사실을 몸소 실천하다니. 조금 분하다.

토요일

어느덧 쌓여있는 것들을 가만히 바라본다. 선물과 함께 온 편지들, 아름답게 디자인된 청첩장들.

손편지는 그 사람의 글씨와 그날의 마음이 고스란히 담겨있으니 그렇다 쳐도, 청첩장은 사실 애매하다. 받는 족족 쌓아두기에는 양이 상당하다. 그래도 쉽게 쓰레기통으로 던지지 못한다. 한참을 고민하고, 한참을 쌓아둔

다음. 눈에 밟혀 더는 외면할 수 없는 날에 요리 보고 저리 보고 하다가 이제는 이별할 수 있겠다 싶은 마음이 들면 조심스레 종이박스에 담아 보낸다. 두 손 모아 두 사람의 안녕을 기원하며.

그런데 그러고 나서도 한동안 마음이 쓰인다. 누군가의 정성을 외면한 것만 같아서 몇 번이고 되가져온다. 쌓아둘 수만은 없다는 걸, 준 사람도 받는 사람도 모두 알고 있지만 무언가를 버리는 일은 늘 어렵다.

죽음과

소년

처음으로 국선변호인이 되어 구속 영장 실질심사에 출석했을 때, 영장 청구서에 기재된 범죄는 아동학대치사죄였다.

처음 피의자를 만나는 순간, 가슴이 두근거렸다. 사전에 알게 된 바에 따르면 극악무도한 사람임에 틀림없었다.

'자기 여동생의 아들을 때려서 숨지게 만들었다고?

그 어린애 때릴 데가 어디 있다고. 아니야. 난 그의 변호인이지. 색안경 끼고 보면 곤란해.'

머리와 가슴이 따로 놀아 긴장감은 배가되었다. 겨우 마음을 가라앉히고 첫마디를 건넸다. 누군가에게 그런 말을 꺼내본 건 처음이었다.

"상심이 크시겠습니다."

피해자는 피의자의 조카로 만 7세. 그날 오전 부검이 진행되었고 화장까지 다 마쳤다고 했다. 가슴 한편이 먹먹해지려는 걸 부여잡고 말을 이었다.

"오늘은 구속 여부만을 결정하는 날입니다. 생각보다 금방 끝날 수도 있지만 개의치 않으셔도 돼요. 앞으로 여러 절차들이 남아있고 그 과정에서 하고 싶으신 말씀은 다 하실 수 있어요."

아마도 그는 태어나 처음 겪어보는 마음의 파도를 마주하고 있을 터였다. 그가 아동학대살해범이라는 사실은 뒤로한 채 나는 우선 그의 마음을 가라앉히고자 했다. 한눈에 보아도 그는 실성한 사람 꼴을 하고 있었다.

그는 나에게 꾸벅 인사를 했다. 그러고는 처음 한글을 배우는 사람처럼 천천히 말했다. 오늘은 밥도 많이 먹었다고. 어제까지만 해도 눈물을 너무 많이 흘려 힘들었는데. 지금은 어느 정도 진정된 것 같다고. 오늘이 그 애 화장하는 날인데. 가보지도 못하고 미안할 뿐이라고.

그 가련한 마음이 진심인지 아닌지 적잖이 혼란스러웠다. 다시 나는 어디까지나 그의 변호인이라는 사실을 되뇌었다. 속의 말을 삼키고 어떤 방향으로 변론할 생각인지 말을 이어나갔다.

그는 조카가 거품을 물고 기절하자 직접 신고를 했다. 범행 일체를 자백했다. 구속되는 건 두렵지만 자신의 행동을 부인할 생각은 없다고 말했다.

"그렇다면 구속 요건 중 도망의 우려, 증거 인멸의 우려가 없다는 점을 들어 영장 기각을 주장할게요."

그는 천천히 고개를 끄덕였다. 며칠 만에 말동무를 만나 응어리가 풀어졌는지 여러 이야기를 전해왔다. 자신에게 자녀가 세 명 있다 했고 그중 막내는 장애가 있다고 덧붙였다.

허깨비에 씐 것처럼 흐리멍덩한 그의 눈을 보며 생각했다. 이 사람은 지금 뭐가 어떻게 돌아가는지 아무것도 모르는구나. 넋이 나가버렸구나. 일단 맨정신을 되찾게 만드는 게 급선무였다. 보잘 것 없는 것들, 그러니까 며칠째 면도 못 하셨죠, 오늘 반찬은 뭐가 나오던가요, 담배는요, 그런 사소한 이야기를 나눴다. 어딘가를 계속 멍하게 쳐다보면서 근근이 대답을 이어나가던 그가 나중에 가서는 나를 똑바로 바라보았다. 미세하게나마 눈의 초점이 돌아와 있었다.

*

검찰은 최종 의견 때 검시 사진을 언급하며 온몸을 부들부들 떨었다. 감당하기 벅찬 분노와 증오가 느껴졌다. 검붉은 피멍으로 뒤덮인 어린아이의 몸을 보았다. 죄책감이 가슴을 죄어왔다. 이런 짓을 한 사람을 지금 내가 변호하고 있구나. 이 사람을 진정시켜보겠다고 온갖 노력을 다한 거구나. 머리가 어질어질했다.

누구의 말을

믿으시겠습니까

"그 사람이 저에게 욕을 했어요. 그것도 아주 많이 요."

"걔가 거짓말하는 거예요. 저는 그런 적이 없습니다."

"네? 그 사람이 아니라고 한다고요? 제가 똑똑히 들었어요. 그것도 매일같이요."

"무슨 말씀이세요, 지금. 저는 쌍시옷 들어가는 말 자체를 싫어하는 사람입니다. 뭔가 오해가 있으신가 본

데, 증거 있어요?"

"증거요? 단둘이 있었고 아시다시피 녹음할 수 있는 건 하나도 없었어요. 그 사람은 다른 사람들 앞에선 웃는 얼굴로 있다가 다들 가고 나면 돌변했어요."

"생사람 잡지 마세요. 주변 사람들 얘기도 좀 들어보시고요. 제가 어딜 봐서 그런 사람처럼 보입니까? 예? 저 군대도 두 번 왔어요. 봉사하러 왔단 말입니다."

"끝까지 잡아뗀다고요? ……. 어떻게 하면 제 말을 믿어주실 건가요? 저는 모든 걸 무릅쓰고 신고한 건데……."

"무고죄로 맞고소할 테니까 준비하라고 전해주세요. 아니, 그리고. 걔 관심병사인 거 모르세요? 걔 말만 듣고 저를 이렇게 조사실에 앉혀두는 겁니까? 뒷감당하실 수 있겠어요?"

*

밀실에서 벌어진 두 사람 사이의 일. 군대에는 이런 종류의 사건이 많았다. 내가 맡은 케이스 중에서도 가장 고민이 되었던 건 군의관이 가해자로 지목된 사건이었다.

의무병이 자신의 상관으로 있던 군의관을 신고했다. 부서에는 단 두 사람만 있었다. 물증은 없었다. 있는 거라곤 진술, 사람의 말뿐이었다. 과연 사람의 말은 믿을 만한가? 사람의 말을 믿지 못한다면 무엇을 믿어야 할까?

나는 어느 한쪽의 말을 더 믿고 다른 한쪽의 말은 믿지 않아야 했다. 군의관은 신앙인으로서의 맹세를 되짚으며 결백을 주장했고, 피해자는 자신의 손목을 그어 진실을 증명하려 했다. 최악의 상황으로 치닫기 전에 피해자가 납득할 수 있는 수사 결과, 가해자가 수긍할 수 있는 처분 결과가 뒤따라야 했다.

군의관이 자신의 지위를 이용해 부탁한 건지는 확실치 않지만, 수십 명의 탄원서가 이어졌다. 말단 이병부터 군 생활 30년 차 대령까지, 구구절절 그의 평소 행실을 두둔했다.

"제가 아는 한 군의관님은 그럴 분이 아닙니다. 제가 보장합니다."

"그 병사가 원래 일 못하고 어리바리하기로 유명했어요."

"군의관님이 얼마나 힘드셨으면 화를 내셨겠어요. 저라도 화가 났을걸요?"

두 가지 글귀가 머릿속에서 엇갈렸다. 우리 속담 '아니 땐 굴뚝에 연기 나랴.'가 하나였고 '의심스러울 때에는 피고인의 이익으로.'라는 오랜 법언이 다른 하나였다.

황망하고 어지러운 마음으로 사건 기록을 뒤적거렸다. 악마는 디테일에 있다는 말을 따라 사소한 것들을 오래 살피려 했다. 몇몇 대목이 유난히 눈길을 잡아끌었다. 먼저, 두 사람의 메신저 대화 파일. "그 내용 잘 한번 봐보세요. 제 말투가 고압적이던가요?" 군의관은 파일이 자신에게 유리한 결정적 증거라도 되는 양 의기양양하게 내밀었다. 그의 말마따나 그는 말끝마다 웃는 모양의 이모티콘을 덧붙이고 있었다. 하지만, 상대의 말투는 그렇지 않았다. 사무적이고 딱딱했다.

> 괜찮으면 저녁에 다시 나와서 마무리해 놓을 수 있을까? :)

알겠습니다. 저녁에 해 놓겠습니다.

> 이번 휴가 꼭 나가야 하니? 행사 끝나고 가면 안 될까? :)

네. 행사 마치고 이달 말에 다녀오겠습니다.

우리 사회 암 발병률이 높은 데에는 *다 이유가 있구나?* 싶었다.

피해자는 단 한 번도 마침표 찍는 걸 잊지 않았다. 서로 호감이 있다고 보기는 어려운 대화였다.

피해자는 개인 휴대전화로 군의관과 말을 나누는 것 자체가 껄끄럽지 않았을까. 면전에서는 상욕을 하던 사람이 대화방에서는 계속 웃고 있으니 소름이 끼치진 않았을까. 아무런 대꾸도, 그 어떤 반항도 하지 못하는 자기 자신이 미웠던 건 아닐까? 어쩌면 상대방보다 스스로의 모습이 더 견디기 힘들었을지도 모르는 일이다.

군의관이 욕설을 내뱉는 걸 보거나 들은 사람은 없었지만 그가 크게 성을 내며 피해자를 혼내는 장면은 여럿이 목격했다. 혼을 내는 이유와 그 방식을 들여다보니 다분히 가학적이었다. 이를테면, 피해자가 사소한 것 하나도 기억하지 못한다는 이유로 다음 날 할 일을 매일 손으로 적어두게 했고, 자신이 말한 내용이 하나라도 빠져있으면 수십 번을 반복해 다시 적게 했다. 초등학생을 가르칠 때에도 그렇게까지 하지는 않을 것 같았다.

"넌 왜 사냐? 그냥 콱 죽어버리지. 그렇게 멍청해 가지고 사회 나가서 뭐 하나 제대로 할 수 있겠냐?"

"표정 안 풀어? 웃어. 웃으라고. 왜? 신고하게? 신고해 봐. 누가 네 말 믿어줄 것 같아? 내 이미지가 좋은지 네 이미지가 좋은지 이참에 테스트나 한번 해볼까?"

한 사람이 다른 사람에게 이런 말을 한다는 것 자체가 도저히 납득이 되지 않았다. 머릿속에 뭐가 들어있기에 저런 말을 할 수 있는 걸까. 우월감? 증오? 다중인격? 속이 메스꺼웠다. 마치 그 말들이 나를 향해있는 것처럼 느껴져 정신이 혼미했다. 나라면, 나라는 사람은 그 말들을 견딜 수 있었을까.

여느 법원 앞에 세워진 정의의 여신상. 그 두 눈은 늘 가려져 있지만, 시간이 지날수록 그가 들고 있는 저울의 무게는 어느 한쪽으로 기울게 마련이라는 걸, 그때 처음 알았다.

좋은 사람

어느 날부터인가 나는 좋은 사람이 되는 걸 포기했다.

아니, 새빨간 거짓말이다. 지금도 나는 어떻게 하면 '좋은' 사람이 될 수 있을까 머리를 쥐어짠다. 옷을 홀딱 벗고 머리를 감으며 혼자서 끙끙댄다.

뭐가 옳은 걸까. 그의 마음을 상하게 하지 않으려면 어떤 말부터 꺼내야 할까. 얼굴 붉히지 않고 원하는 것을 얻으려면? 으라차차. 지혜를 주소서!

뿜어져 나오는 물줄기에 얼굴을 들이민다. 그제야

잡념이 씻겨 나간다. 이토록 우스꽝스럽게 그날그날의 고민을 붙들고 늘어진다. 오직 '좋은' 사람처럼 행동하고 싶어서다.

포기했다는 건 한 가지, 남들이 나를 좋은 사람으로 기억해주길 바라지 않는다는 것뿐이다.

타인이 나를 어떻게 생각할까 집착하다 보면 머릿속에선 이미 타인이 상전이 되어있고 나는 평판의 노예가 되어버리기 일쑤다. 남을 지우고 나를 일으켜 세우고 싶다.

명찰이

없으시네요?

　　서래마을에 위치한 일식당을 찾았다. 아내와의 기념일을 맞아 무리를 했다. 프러포즈를 하던 날보다 지출이컸다. 이런 외식은 해봐야 일 년에 한두 번이니 얇은 지갑 걱정은 뒤로 한 채 미닫이문을 열고 들어섰다. 메뉴는 단 하나, 날마다 바뀌는 코스 요리였다. 몇 년 전부터유행하고 있는 오마카세お任せ라는 것인데 주방장이 알아서 신선한 횟감으로 요리를 준비한다. 유행을 아예 모르고 지나갈 수만은 없겠다 싶어 도전했다.

결과는 찜찜했다. 자꾸만 거슬리는 게 있었다. 세 명의 요리사들 중 유독 한 사람만 빤득빤득한 명찰을 가슴에 달고 있는 게 아닌가? 왜? 무슨 연유로 나머지 두 명은 이름 없는 사람이 된 걸까. 정말 그래야만 했던 걸까. 일본에서도 갓 시작한 요리사는 허구한 날 김만 굽고 계란말이만 주구장창 해댄다고는 하지만 세 명은 어느 모로 보나 동년배였다.

두 사람은 명찰을 집에다 두고 온 걸까? 이름을 알리기 부끄러워서 탈의실에 고이 모셔둔 걸까. 아니면 여긴 내 주방이니 당신들은 이름을 알릴 필요가 없다고, 주방장이라는 사람이 윽박지른 걸까. 그게 사실이라면 아무리 음식이 맛있다 한들 그곳엔 다시 가고 싶지 않았다. 함께 일하는 사람을 그렇게 대하는 곳이라면, 그런 마음으로 요리를 하는 사람이 내어주는 음식이라면 사양하고 싶었다. 그 눈에 보이지 않는 마음이라는 건, 내게 꽤나 중요한 모티프니까.

"두 분은 왜 명찰이 없을까?" 혼자 속으로 고민하다 아내에게 말을 건넸다.

"응? 뭐가?" 아내는 천진난만한 얼굴로 되물었다.

"이 정도 가격의 식당에서 저만한 정성으로 요리를 하는 사람이라면 분명 자기도 이름을 내걸고 싶지 않을까?"

"그런가? 별 뜻 없을 수도 있지 뭐." 미소 된장국을 후루룩 들이마시며 아내가 말했다.

"그거야 그렇지만…… 눈에 자꾸 들어와서. 한번 물어나 볼까?"

"뭐를?"

"다른 두 분은 왜 명찰이 없으시냐고."

"진심으로 하는 말은 아니지?"

"응? 진심인데? 부당하잖아."

"괜한 참견하면 안 돼. 다 사정이 있겠지."

"……그렇겠지?"

아내의 말에 금방 수긍을 하는 바람에 묻지 못했지만, 친구와 갔더라면 애써 웃으며 곧장 물었을 것이다. 두 분은 명찰이 없으시네요?

타인을

알아가는 법

짧지 않은 수험생활을 보냈다. 대학에 입학하고 학생 신분을 벗어던지기까지 10년의 세월이 걸렸다.

또래들은 스펙 쌓기에 열심이었다. 교환학생, 인턴, 공모전, 봉사활동으로 이어지는 그들의 화려한 대외활동을 보고 있노라면 곧잘 주눅이 들었다. 많은 이들이 사교적이면서도 유능한 인재가 되어가고 있건만, 나는 기껏해야 온종일 책과 씨름하고 있을 뿐이었다. 붙임성 좋던 기질도 차츰차츰 사그라졌고 난 한없이 내 안으로

만 침잠했다.

하루의 가장 긴 시간을 보내는 곳은 도서관이었다. 학교 측에서 각종 시험을 준비하는 학생들을 위해 따로 열람실을 마련해 주었지만 그곳은 수험 서적과 개인 물품을 놓아두는 사물함으로만 썼다. 중고등학교 시절 다니던 독서실이 연상되어 갑갑했고, 그곳에 들어설 때면 내 자리보다 다른 사람의 자리에 더 눈길이 갔다. 책상 앞에 뭘 붙여두었을까, 어떤 마음으로 공부하고 있을까부터 시작해, 많이들 쓰는 볼펜은 뭔지, 어떤 문제집이 유행인지도 알고 싶었다. 나의 악취미는 그렇게 시작되었다.

*

'길티 플레져guilty pleasure'라는 말이 있다. 어떤 일에 대해 죄의식을 느끼면서도 그것을 좋아하고 즐기게 되는 심리. 내 식대로 해석하면 악취미다. 나의 악취미는 아무도 없는 열람실을 걷는 일이었다. 남몰래 타인의 공간을 훔쳐본다는 죄의식이 분명 있었지만, 굳게 닫아둔 사물함을 열어보는 일은 아니라며 합리화했다. 복도를 걷기만 하면 누구나 볼 수 있는 것이기에 도둑질과는 달랐다.

책상은 현관문이자 작은 창가였다. 누군가의 어깨가 축 처진 날에는 초콜릿과 작은 쪽지 하나가 그의 문가에 놓였고, 아무개의 생일날에는 잔향이 짙은 꽃 한 송이를 볼 수도 있었다. 그렇게 서로가 서로에게 말없이 다녀가곤 했다. 매일같이 얼굴을 보는 사이임에도 꼭 상대가 자리를 비운 틈을 노려 은근히 마음을 전하던 시절이 있었다.

열람실은 그러한 일상의 소소한 모습들이 집약된 공간이었다. 언젠가 한번은 그곳을 혼자서 거닐어 보고 싶다는 생각이 들었다. 그냥 웬일인지 구미가 당겼다. 일요일 이른 아침이 제격이었다. 제아무리 성실한 수험생이라 해도 일주일에 하루는 늦잠을 자게 마련이니, 그즈음 도서관은 대개 한산했다. 나는 그 시간에 목을 매던 공부도 미뤄 두고 열람실 산책을 즐겼다. 작은 것들을 유심히 관찰하고 이런저런 상상의 나래를 펼쳐가는 일은 짜릿하기까지 했다. 열람실 안은 고요했고 자리의 주인은 가고 없었지만 책상 위는 여전히 치열해 보였다.

비밀 결사체의 동지를 만난 것처럼 반가운 순간도 있었다. 사열 종대로 칼같이 정리된 필기구, 두꺼운 수험서 옆면에 일렬로 붙여진 포스트잇, 그날그날 깨끗이 씻어둔 것 같은 말끔한 텀블러까지. 분명 아주 섬세하고 자기만의 질서가 확고한 사람의 책상이었다. 나 같은 사람이 또 있었구나? 하며 눈을 동그랗게 떴다.

'어디 보자. 다들 자리를 잘 잡아두었네. 맞아. 형광펜은 딱 이 정도가 좋지. 더도 덜도 말고 세 가지. 호오. 연필도 세 자루나 있네? 요새는 깎는 시간 아낀다고 다들 샤프만 쓰는데. 어라? 칫솔은 이렇게 두면 안 되는데…….'

우스운 생각이지만 때로는 한 수 일러주고 싶은 마음이 들기도 했다.

그에 비하면 흙 묻은 축구화가 의자 밑에 널브러져 있거나 책상 위에 덩그러니 오토바이 헬멧만 놓여있는 곳도 있었다. 난데없이 웬 헬멧이람? 다른 건 모르겠지만 나와 결이 다른 사람이란 것만은 분명했다. 나는 여럿이 몸을 부대끼며 하는 축구보다 혼자 하는 산행을 더 좋아하고, 바이크를 타고 도로를 내달리는 것보다는 하릴없이 도서관을 걷는 쪽을 택하는 사람이니까.

*

뒷짐 지고 타인의 책상을 훔쳐보다 보면 없던 이해도 생겨났다. 수험생 대부분은 책에 자기 이름을 적어두어서 누구의 자리인지 쉽게 알 수 있었다. 절친한 사람의 책상보다는 어디선가 건너 들어본 이름이 보일 때 더 눈길이 갔다. 자기 공간을 어떻게 꾸며두었는지 살펴보고 있노라면 얼마간 그 사람에 대해 알 것도 같았다.

'이분 굉장히 신실한 사람이라던데, 책상에 앉으면 성경부터 읽나 보네. 이 친구는 얼굴 붉히거나 언성 높이는 걸 본 적이 없는데 책상 정리도 참 반듯하네. 이야. 이건 또 뭐야. 얘는 노력형이 아니라 천재형이라더니. 책이 전부 새 책 같네. 한 번 보면 다 외워지나?'

어렴풋했던 것들이 조금씩 선명해져 갔다. 참 신통방통했다. 사람의 물건은 결국 그 사람을 닮는다는 말이 떠올랐다. 내가 아는 사람은 아니지만, 괜스레 믿음이 가는 사람도 있었다. '이런 사람이라면 타인의 것을 빼앗거나 주변에 해를 끼칠 사람은 아닐 거야.' 섣부른 편견이 생기기도 했다.

　실내 산책을 마치고 내 자리로 돌아와 앉으면 까닭 없이 알 수 없는 희망에 부풀곤 했다. 우리가 비록 젊은 날의 많은 시간을 여기 책상 앞에서 보내고 있지만, 이런 노력이 결코 헛되지 않을 거라는, 왠지 모를 좋은 예감이 몽글몽글 피어났다. 아무런 근거 없는 감정이었지만 나의 하루를 충만하게 하는 데는 충분했다.

당신은

누구십니까

"신랑 측이세요?" 그 한마디 말이 입 밖으로 나오질 않았다.

심증은 분명했다. 그들은 어느 쪽 손님도 아니었다. 2019년 3월 16일 오후 1시 광화문 포시즌스 호텔. 처음 경험한 특급 호텔의 결혼식은 내 마음을 무겁게 했다.

연회장이 만석이 되자 직원은 다른 층에 마련된 별실로 안내했다. 휑한 강당에 덩그러니 스크린 하나와 원형 테이블 여남은 개가 놓여있었고 그 누구도 서로에게 관심이 없었다. 축의금을 내면 식권을 나눠주는 보통의 식장들과 달리 그날은 식권이 없었고 청첩장을 확인하지도 않았다. 하객들의 번거로움을 덜어주기 위한 것일까. 식권이 없으니 아무나 들어와 하객 행세를 하며 값비싼 식사를 한다고 해도 제지할 사람이 없었다.

내가 앉은 곳으로 한 여성이 다가왔다.

"여기 앉아도 되죠?"

"네."

여성은 스크린을 등진 채 자리를 잡고 앉았다.

"제가 예전에 소설가 조정래씨 주례사를 들은 적이 있는데요. 주례 듣다 울어본 건 처음이었다니까요."

그는 식을 진행하는 사회자가 유명 아나운서인 걸 확인하고는 그렇게 입을 뗐다.

"그분이 원래 주례 이런 거 안 하기로 유명하신데요, 그때 조건이 뭐였냐면. 주례를 서주는 대신 젊은 문인들을 위해 5000만 원을 기부해 달라는 거였대요. 혼주가 너무 흔쾌히 받아들이는 바람에 한 1억쯤 부를 걸 그랬다고 우스갯소리를 하시더라고요. 재밌죠?"

과연 흥미로운 이야기여서 아무런 의심 없이 짧은 대화를 나눴다.

한 10여 분쯤 지났을까. 편한 차림의 남녀 한 쌍과 정도껏 차려입은 젊은 여성 한 명이 상기된 얼굴로 들어와 앉았다.

"나 이번 주 힘들었잖아. 이 순간만 기다렸다니까."

남자는 미리 도착해 있던 여성에게 말을 걸며 헐레벌떡 자리에 앉았다.

"여기 좋지. 이런 데가 어디 있냐."

그들은 앉자마자 식탁 위에 놓인 떡을 모조리 집어 먹고 직원을 불렀다.

"여기 음식 언제 나와요? 저희 두 사람은 스테이크 대신 연어 리조또로 준비해 주세요."

자주 해본 솜씨였다. 네 사람은 서로의 음식을 나눠 먹으며 인터넷 가십 기사 얘기만 해댔다. 주요리가 끝나고 작은 그릇에 담긴 잔치국수가 나오자 젊은 여성은 피식 웃으며 말했다.

"국수는 신라지."

"그지? 신라호텔이 국수 하나는 잘해."

자리에서 일어날 때까지 그들이 화면을 쳐다본 건 딱 한 번뿐이었다. 초대받은 유명 클래식 연주자가 소개될 때였다. 그들은 먹는 내도록 신랑·신부 누구의 이름도 입에 올리지 않았고 예식에는 하등 관심이 없었다. 식이 끝나고 사진을 찍을 때도 누구 하나 자리를 뜨지 않은 채 먹기에만 바빴다. 피로연 때 혼주가 별실로 인사를 하러 온다고 하자 남자는 냅킨으로 입가를 훔치며 말했다. "야, 나가자." 네 명은 다급하게 자리를 떴다. 말과 행동, 차림새 어느 모로 보나 결혼식 하객이라고는 볼 수 없었다. 그들은 누구였을까.

오지랖이란 걸 알지만, 호텔 측과 신랑 측에 그 사실을 알렸다. 호텔 직원은 무전취식이 흔히 있는 일이라며 대수롭지 않게 넘기려 했지만, 식대를 부담해야 하는 당사자의 입장은 그렇지 않았다. 이번 주말, 그들은 또 어느 호텔로 나들이를 가고 있을까. 그 발걸음은 가벼울까, 무거울까.

———

　한 달여 뒤, 그들이 검거되었다면 믿으시겠습니까?
눈썰미 덕분!

내적 회로

풀가동

무궁화호를 탔다. 아내가 구미로 발령이 났다. 태어나서 한 번도 가보지 않은 곳이었다. 구미역에는 고속열차가 서지 않았다. 그곳에 가려면 새마을호나 무궁화호를 타야만 했다. 부산역에서 승차해 내 자리를 찾아갔다. 2호차 27번. 평소 선호하는 창측 좌석이었다.

자리로 가보니 한 여학생이 검은 후드집업을 덮은 채 잠들어 있었다. 사무실에서 한 번, 버스에 올라타며 한 번, 기차역에 내리고 또 한 번. 족히 대여섯 번은 확인을 하며 외워둔 좌석번호였다. 사람들에게 방해가 되지 않도록 옆으로 돌아서서 다시 휴대전화를 꺼냈다. 승차권에 표시된 자리는 2호차 27번이 확실했고 내가 서 있는 곳도 분명 2호차 27번 창가 자리였다.

순간 학생을 깨워야 할지 고민되었다. 어깨에 손을 얹으려 팔을 내밀었다가 차마 그럴 순 없어 뻗은 손을 거두었다. 곤히 잠든 모습이 마음에 걸렸다. 학생의 자세는 잠깐 눈을 붙이는 정도가 아니었다. 엉덩이를 앞으로 쭉 빼고 완전히 뒤로 넘어져 있었다. 머리도 봉두난발로 흐트러뜨려 악착같이 얼굴을 가리려 애쓴 티가 났다. 어떤 하루를 보냈기에 저토록 혼절하듯 쓰러진 걸까. 나는 조용히 통로 쪽 좌석에 앉았다.

누군가의 시선이 느껴졌다. 옆을 보니 의자를 뒤로 돌려 단체석을 만들어 놓은 곳에 네 명의 여학생이 거의 눕다시피 하며 앉아있었다. 그들은 약속이라도 한 듯 하나같이 검은 후드집업을 몸에 두르고 있었다. 나는 27번 자리의 학생이 그들과 같은 일행일 거라 짐작했다. 다섯 명이 함께 어딘가로 떠나는 중일 거라고, 떨어져 앉아야 했던 한 명은 무작정 창가에 앉아 잠들어 버린 거라고. 통로에 앉으면 누군가 내리고 탈 때마다 몸을 비틀어 주어야 하니까. 그럴 수 있겠다는 생각이 들었다.

슬그머니 내 행동을 지켜보던 옆자리 학생은 내가 말없이 통로 쪽에 앉자 다시 눈을 감았다. 그의 시선으로부터 내 추측이 사실에 가깝다는 걸 확인받을 수 있었다. 누가 오든 친구를 깨우지 않기를, 부디 그러려니 하며 통로 쪽에 앉아주기를, 하고 바라지 않았을까. 내 상상대로라면 그 학생의 바람은 이루어진 셈이었다. 저는 누구든 다짜고짜 밀쳐내고 제 자리를 찾아 앉을 사람은 아니니까요.

*

무궁화호는 고속열차와 달리 정차역이 많았다. 잘 달려나가는가 싶으면 이내 방송이 흘러나왔다. 작은 역들을 하나씩 지나쳐 갈 때마다 신경이 쓰였다. 혹시 내 예상이 틀리면 어떡하지? 이 학생이 내릴 곳을 지나쳐 버렸다면? 이번 역에서 기차에 올라탄 누군가 내게 다가와 '여기 제 자린데요?' 하면 어쩌나. 자기 자리에 앉아있는 나를 보고서는, 내가 그랬던 것처럼 말 붙이지 못하고 뒤에 서서, 몇 번이고 승차권과 좌석번호를 맞춰보고 있으면 어쩌나.

나의 예민 회로는 극도로 가동되었다. 누구도 눈치채지 못하게, 오직 내 머릿속에서만. 미세먼지를 측정하듯 예민함을 가늠해보는 수치라는 게 있다면, 분명 위험 수준이었다. 일이 계획대로 되어가지 않을 때 나의 예민함을 작동시키는 엔진은 가열하게 돌아간다. 두뇌는 과부하에 걸릴 지경이 된다. 이러저러한 경우의 수를 모조리 떠올리며 그에 맞는 대응책과 각각의 장단점을 저울질해 봐야 하니까. 어떤 일이 일어나든 무턱대고 당하고 있을 수만은 없으니까. 미리미리 준비하기 바쁘다.

구미역에 도착하기 전에 옆자리 학생은 몸을 움직거리며 눈을 떴다. 엷게 뜬 눈동자로 슬며시 내 쪽을 돌아다보았다. 그 눈동자는 마치 내게 '거기 앉으셔도 괜찮으시죠?'라고 묻는 듯 했다.

"28번이시죠?"

"네……."

조용히 물어보니 여학생은 힘겹게 입을 뗐다. 정말-
정말 피곤한데 겨우 대답하는 거예요, 라고 하는 것처럼
보였다.

"저…… 수원까지 가요. 혹시 어디까지 가세요?"

"구미요. 저는 괜찮아요."

나는 이내 고개를 돌려 멍하니 앞만 보았다. 이 사
람, *아무 데나 앉아도 괜찮은 사람일 거야,* 라고 생각하
게끔. 학생이 마음 편히 다시 잠들 수 있도록. 곰처럼 느
긋하고 무덤덤해 보이기 위해 아무 일 없는 사람의 표
정을 지었다. 내 안에서는 온갖 실현 가능한 일들을 따
져보고 있었는데도 겉으로는 천하태평 김삿갓의 얼굴을
했다. 곰을 닮기는커녕 아주-아주 예민해서 작은 것 하
나라도 틀어지면 가만히 있지 못하는 사람임에도.

공중화장실

우리 주변에서 세균이 가장 득실거리는 곳은 어디일까. 때로는 구세주처럼 나를 안심시키며 늘 그 자리에 있어주는 곳. 도저히 더는 못 버틸 것 같은 순간에 때맞춰 나타나 주는 바로 그곳. 공중화장실이다.

시내 거대 빌딩의 좋은 점 중 하나는 화장실이 세련되고 말끔하다는 점 아닐까? 그런 곳이라면 마음 놓고 들어갈 수 있다. 때로는 이 건물 화장실은 어느 정도일까 궁금해져 마치 관광하듯 발걸음을 옮기기도 한다.

몇 년 새 부쩍 늘어난 아기자기하고 예쁘장한 가게들의 화장실도 제 나름의 매력을 뽐낸다. 유럽 같은 분위기를 풍기는 경우도 있는데 여기서 함정은 정작 내가 유럽에 가보지 않았다는 것. 나는 무슨 근거로 그런 생각을 하는 걸까. 나 자신에 대해 가끔 알다가도 모르겠다.

그에 비하면 허름한 지하철역의 화장실, 홍대 놀이터의 화장실, *나가서서 오른쪽 건물 2층에 있다*고 안내받는 화장실은 실로 납량특집이 따로 없다. 이런 곳은 선뜻 들어서기가 두렵다. 문 앞에서 심호흡 한 번은 기본이다. 아니, 사실 그런 날에는 꾹 참고 말 때도 많다. 다음 장소로 이동해서, 집에 돌아가서, 차라리 평균은 보장되는 지하철역에서 가는 게 낫겠다는 마음에. 나가서 오른쪽 건물 2층에 있는 곳의 바닥에는 이미 수돗물인지 누군가의 분비물인지 알 수 없는 물웅덩이가 고여 있고, 대문부터가 삐거덕대기 일쑤다. 그런 곳에서 넘어지기라도 한다면 정말 뼈도 못 추린다. 뼛속까지 지린내가 배길지 모르니까.

*

대학생 때, 고대하던 도서관 공사가 끝났다 하여 반가운 마음으로 냉큼 가보았다. 여느 때처럼 책더미의 냄새를 만끽하며 서가를 거닐었다. 애정하는 신해욱의 시집 《생물성》을 읽으며 마음을 간지럽혔다. 느긋하게 시간을 보내다 산뜻하게 일을 해치우러 화장실로 향했다.

웬걸. 소변기 주변으로 뭔가 자꾸 튀어나오는 것 아닌가. 으악. 뭐야. 까무러치며 양다리를 있는 대로 벌려섰다. 어떻게 만들었기에 이러는 건가. 좌절했다. 매일 와야 하는 곳인데 이러면 정말 곤란하다. 나의 바지는 또 무슨 잘못이란 말인가. 마치 손을 씻으러 세면대 물을 틀었는데 머리 위에서 폭포수가 쏴아아 쏟아지는 기분이었다.

그 길로 모든 층, 구석구석 숨겨진 화장실을 다 돌아

다녔다. 튀는지 안 튀는지 실험해야 했다. 멀쩡한 걸 찾아야 하니까. 나의 바지는 소중하니까. 허튼 노력이었다. 같은 업체의 제품들이니 어느 것 하나 성한 게 없었다는, 슬픈 도서관 화장실 괴담.

*

한번은 정말 급한 마음에, 청결이고 자시고 할 것 없이 뛰어 들어가 앉기 바빴던 적이 있다. 누구한테 말할 순 없어도, 그런 순간이 있지 않은가. 다리를 배배 꼬며 버티고 버텨낸 순간. 그 시간을 참아낸 근성에 경의를 표하고 아, 살았다 한숨 돌린 그때. 설마, 하는 마음이 현실이 되었다. *휴지 걸이가 텅 비어있었다.* 절망했다. 변기를 닦지도 않고 앉았건만. 이게 무슨 날벼락이람.

똑똑. 저기요. 누구 안 계세요?
예?
말끝에 쳇소리가 섞여 나오는 걸 보니 상대도 한창 치열한 전투 중이었다. 그 다급한 목소리가 나를 더 미안하게 만들었다. 여기 휴지가 없어서요. 좀 도와주실 수 있을까요? 말없이 발밑에서 등장한 새하얀 휴지 조각. 감격스러웠다. 그 장면을 빼놓고 우리가 과연 휴머니즘을 논할 수 있을까.

그런데 진짜 괴담은 여기서부터다. 끝이 좋으면 다 좋다는 마음으로 일어서려는 찰나, 물이 줄어들질 않고 오히려 차오르기 시작했다. 에? 본능적으로 다리를 찢고 까치발로 섰다. 어찌 이런 일이…… 절망할 틈도 없었다. 우선 뚜껑을 닫고 심호흡 한 번. 관리하는 분이 어디 계시더라? 청소 도구함은 어디였지? 내가 저지른 건내가 치워야지. 머릿속으로 동선을 그렸다. 문을 열고 나서는 순간부터 속전속결로 처리해야 한다. 시-작!

*

그런 일이 있고 나서 뚜껑 덮인 곳은 웬만해선 들어가지 않는다. 불길한 징조가 느껴져서다. 그 안에 대체 뭐가 있길래 가려둔 걸까. 도무지 그곳 말고는 대안이 없을 때, 휴지를 살짝 뜯어내 손가락으로 잡고 뚜껑을 들춘다. 으아악! 다리에 힘이 풀릴 뻔한 적이 한두 번이 아니다. 공중화장실만큼 애증 섞인 곳이 또 있을까. 반 가우면서도 찜찜하고 께름칙하지만 또 찾게 되는 곳. 예민한 사람들에게는 이만한 적수도 없다. 들어서고 나서는 순간까지 한시도 긴장의 끈을 놓을 수 없다.

#교수 #갑질 #복수 #성공적

내게 정말 소중했던 삶의 지혜와 제때 필요한 조언을 들려준 이들은 사회적으로 내세울 거 하나 없는 무명씨들이었다. 교수들은 독일 어디 석사네 미국 어디 박사네 하며 가방끈은 길게 늘어뜨려 왔을지 몰라도 소통에 있어서만큼은 낙제, 아니 낙지 수준이었다. 권위적인 데는 하나같이 1등급이었으면서도.

나는 존경할 만한 교수를 만나본 적이 거의 없다. 교수라는 단어를 떠올리면 학계에 만연해 있는 논문 대필과 채용 비리가 연상될 뿐이다. 학생 시절을 보낸 사람이라면 (특히 대학원 문턱을 넘어가 본 사람들은 더더욱) 교수라는 직업이 얼마나 갑질과 직결되어 있는지 잘 알지 않을까. 조선의 의학자 이제마가 이런 말을 했다.

머리에는 독단으로 행하는 마음이 있고 어깨에는 사치한 마음이 있고 허리에는 나태한 마음이 있고 엉덩이에는 욕심이 있다. 턱에는 남을 깔보는 마음이 있고 가슴에는 우쭐대는 마음이 있고 배꼽에는 과대망상이 있고 뱃속에는 큰소리치려는 마음이 있다.

소름이 돋았다. A 교수를 앞에 앉혀두고 쓴 글인 줄 알았다.

한번은 A 교수와 논문을 함께 쓰게 된 적이 있다. 정확히 말하면 그가 나에게 부탁을 해왔다. 용돈 벌이도 할 겸 논문을 써보지 않겠냐고. 매월 일정 금액을 줄 터이니. 생활비가 필요했던 나는 저자명에 내 이름도 병기되는지 어떤지 아무것도 모른 채 승낙했고 뒤늦게 이 사실을 알게 된 친구가 꼬치꼬치 캐물었다.

얼마 받고 논문 쓰는 거야? 어디에 수록되는 거야? 어디 가서 발표만 하면 되는 거야? 네 이름도 같이 올려준대? 뭐, 아니라고? 아 모르겠다고……. 야 그것도 모르면 어떡해. 돈 주고 때우려는 심보 아니야 그 사람? 다들 그러잖아, 교수라는 인간들. 교수 명패만 앞세웠지 알고 보면 죄다 부동산 임대업자들이잖아. 난 교수 치고 건물 안 가지고 있는 사람 못 봤다.

녀석은 나를 각성시키고자 과장을 섞어 말했겠지만 절반은 사실이었다. 많은 교수들이 학교라는 울타리 안에 갇혀 학문 연구에 힘쓰는 선비 흉내를 내지만 실은 그 울타리를 점거하며 그에 대한 완전하고도 불가침한 권리를 주장한다.

많이 보던 광경 아닌가. 도처에 흩뿌려진 사이비 교

주들이 그렇고, 집 안에만 들어서면 돌변하여 가정폭력을 일삼는 폭군 아비들이 그렇고, 갖가지 이름의 독재자들이 그와 같다.

그들은 누구도 함부로 그 안에서 벌어지는 일에 대해 간섭할 수 없도록 첨탑을 공고히 한다. 거미줄처럼 엮인 그곳에 얽혀들기 시작하면 누구라도 거미 밥이 되기 십상이다.

논문을 어느 정도 써서 찾아가자 A 교수는 짜증을 내며 말을 내뱉었다.

이건 자네 능력의 문제가 아니라 의지의 문제야. 잘 안돼도 붙잡고 늘어져. 밤을 새서라도 뭔가를 만들어 내야할 거 아니야. 그게 나중에 김앤장이나 태평양 같은 대형 로펌에서 데려가는 학생들과 나머지 학생들의 차이라고.

그가 말하는 의지는 내가 원하는 의지가 아니었다. 그가 추켜세우는 학생들은 그가 원하는 학생일 뿐이었다. 내가 되려는 건 그것과 달랐다.

그는 나를 자기 감정의 배설물 정화조쯤으로 보았다. 나를 사용하려 들었고 소모하려 들었다. 그냥 놔두어서 될 게 아니었다. 이쪽에서도 한 방 날려야 했다. 본때를 보여줘야 했다.

월말이 다가오길 기다렸다. 마지막 날 논문을 들고 갔다. 서른 장 빼곡했지만 별 내용은 없었다. 양만 늘리는 식으로 만들었다. 그는 논문을 조금 훑어보더니 내게 나가라고 소리쳤다. 그날 나는 기분 좋게 일을 그만두었다. 그는 다 지운 뒤 처음부터 새로 써야만 했을 테고, 결국 신경질이 나 주제까지 바꾸게 되었으니, 꽤 시원한 카운터펀치였다고 할 수 있을까.

도대체 저한테

왜 그러시는데요

스스로 못나 보이는 때가 너무 많다. 후회되는 일들이 하루건너마다 생긴다. 아직 어려서일까. 아니다. 이건 나이의 문제가 아니다. 가슴 속에 깃든 화의 문제다. 화를 다스리지 못하면 길거리에 나앉은 시정잡배라고밖에 할 수 없는데도.

*

학교 앞 고시원에 살 때의 일이다. 매일같이 새벽 다섯 시에 잠에서 깼다. 옆방에서 들려오는 바스락거리는 소리 때문이었다. 이렇게 매번 잠을 설칠 수는 없다는 생각에 억울함이 북받쳤다. 우선 조용히 방문을 열고 나가 화장실에 다녀왔다. 마음을 가라앉혀야 했다. 창문을 조금 열어 바람을 들이고 침대에 다시 누우려는 찰나 다시 방문을 긁어대는 소리가 났다. 쾅. 아주 크게 벽을 한 번 쳤다. 아드레날린이 솟구쳐 올랐다. 옆방에서는 잠깐 적막이 흘렀지만 다시 바스락 소리가 났다. 쾅. 한 번 더 벽을 치고 방문을 열고 나갔다. 씩씩대며 옆방 앞에 섰다. 양복을 입다 말고 한껏 억울해하는 표정을 지으며 한 남자가 나왔다.

"왜 그러시는 겁니까, 도대체."

첫마디였다. 그날 밤 내 머릿속을 맴돈 마지막 말이기도 했다.

새벽에 나가야 한다면 조금만 조용히 준비해줄 수 있겠냐고 물었다. 벽이 너무 얇아서 조그만 소리도 크게 들린다고, 성격이 예민해서 그런지 무슨 소리만 들리면 곧바로 잠에서 깨버린다고 털어놓았다. 그 친구는 공동생활 아니냐고, 사람이 살다 보면 움직일 수밖에 없는데 그 정도는 서로 참아야 하지 않겠냐며 자신도 어제 새벽 네 시에 옆방의 전화통화 소리 때문에 잠에서 깼다고 말했다. 그래도 자기는 옆방으로 쫓아가 따지지 않았다고 억울함을 토로했다. 갑자기 정신이 들었다. 그저 미안했다. 곧 우리 두 사람은 서로 사과하기 바빴다. 잠 깨워서 미안하다고, 아침부터 얼굴 붉혀서 미안하다고.

　　아침잠을 방해하는 소음을 견디지 못했다. 아니, 그보다는 상대방이 일부러 내 속을 긁으려는 것처럼 느껴져 참지 못했다. 지기 싫었던 것이다. 다 내 잘못이었다. 정말이다. 그것은 엄연한 폭력이었다. 자백한다. 난 그에게 물리적, 심리적 폭력을 저질렀다.

딜런은 우리 집에서 폭력을 배우지 않았다. 고함, 분노, 인종주의도 우리 집에서 배운 것은 아니었다. 다른 사람을 대할 때는 우리가 대접받고 싶은 대로 대해야 한다고 가르쳤다.

1999년 4월 20일, 미국 역사상 최악의 총기 난사 사건으로 불리는 콜럼바인 사건이 일어났다. 그로부터 16년 후 가해자 두 명 중 한 명인 딜런 클리볼드의 어머니 수 클리볼드는 책 한 권을 출간한다. 그는《나는 가해자의 엄마입니다》에 적었다.

대상이 있는 폭력은 대개 개인적 상실이나 모욕에서 시작된다. 이런 사건이, 불만을 해결하는 유일한 방법은 폭력을 저지르는 것이라고 믿게 되는 결심 지점이 된다.

이 대목에서 얼마나 뜨끔했던지. 엄지가 불에 덴 듯 뜨거워 얼른 귓불에 손을 갖다 대었다. 예민한 성격이라 그런 걸까. 종종 타인의 뜻 없는 말과 행동이 나를 향한 것처럼 느껴질 때가 있다. 그날도 그랬다. 옆방 사람은 바스락거릴 이유가 있었을 텐데 나는 그 행동이 나를 도발하기 위한 것이라고 오해했다. 아무런 합당한 근거가 없었음에도 무턱대고 그렇게 생각해 버렸다.

어쭈, 그렇게 나오시겠다? 이건 도가 지나치잖아. 그만해. 그만하지 않으면 나도 폭발할지 몰라. 그러곤 폭발해 버렸다. 대면하고 추궁했다. 사는 동안 잊을 만하면 반복되어 온 이야기다. 신경에 거슬리는 게 생기면 그걸 자꾸만 붙잡고 늘어진다. 그러다 오해하게 되고 확신하게 되고 타인을 닦달하게 된다.

어떻게 해야 할까? 머리로는 정답을 알고 있지만 본능은 불같이 달아오른다. 내 피가 유달리 뜨거워서일까? 감각이 무뎌지면 이런 성가신 덫에서 벗어날 수 있을 것만 같은데……. 그런 일은 내게 좀처럼 허락되지 않는다. 폭력적인 사람이 되지 말자고 매일 다짐하는 수밖에…….

스팅의 노래 〈프레자일Fragile〉에 이런 가사가 나옵니다.

"Nothing comes from violence and nothing ever could."
폭력으론 아무것도 얻을 수 없어. 결코, 아무것도.

우리의

시
간

팟캐스트 '필름클럽' 사연을 듣다 그만, 울컥하고 말았다. 영화 〈아워 바디〉에 관한 사연이었다. 영화는 행정고시에 8년째 도전하고 있는 '자영'에 대한 이야기인데, 사연자는 7년간 공무원 시험을 준비해오다 최근 그만뒀다고 했다. 고시라는 단어도, 8년과 7년이라는 시간도 모두 낯설지 않았다. 오히려 내 것처럼, 내 이야기처럼 친근해 금세 사연 속으로 빠져들었다.

사연자는 영화를 보지 않았다고, 사실은 보지 못했다고 했다. 사연 속 문장들, 그 사이사이마다 세월의 흔적이 묻어 나오는 것 같았다. 외로움과 망설임, 아쉬움과 허탈감, 불안과 막막함이 그대로 녹아있는 듯했다. 나는 사연자 곁에 나란히 앉아 그 발자국들을 찬찬히 세어보았다. 시험의 문턱을 넘기까지 10년의 세월이 필요했던 내게, 그 사연은 곧 나의 이야기 같았다.

얼마나 외로웠을까. 스스로가 얼마나 한심하고 무능한 존재로 여겨졌을까. 시험공부를 그만두기로 한 날, 무슨 생각을 했을까. 허망한 마음에 무너지지 않으려 얼마나 자신을 다독였을까. 나의 지난날이 고스란히 그 위로 겹쳐졌다.

수험생활의 연차가 쌓여가면, 그러니까 남들은 직장생활 N년 차가 되어갈 때 나는 그저 책상 앞에서 수험생으로 시간을 보내다 보면, 나라는 사람이 한없이 작아져 간다. 많은 것들이 합격 이후로 미루어지는 유예된 삶을 살다 보니 내 안에 차오르는 속사정을 어디에라도 터놓기 힘들어진다. 가족이 있고 친구가 있고 연인이 있어도 늘 혼자라고 느낀다. 책상 앞에서든, 시험장 안에서든, 고단한 하루를 보내고 잠자리에 누워 천장을 올려다볼 때든, 내 곁에 있는 건 오직 나밖에 없다.

사연을 적어 내려갔을 그 분의 모습도 눈앞에 그려졌다. 사연을 보내볼까, 여기에 내 이야기를 꺼내도 될까. 별것도 아닌 일로 끙끙 앓는 자기 모습에 이미 기운이 빠지고, 허송세월이 되어버린 지난 시간들이 다시금 떠올라 짓눌렀을 것이다. 그에게 필요한 건 다름 아닌 진실된 위로였겠지만 그 위로를 줄 수 있는 사람이 없었으리라. 그나마 이어폰에서 흘러나오는 목소리에 위로를 받았을 것이다. 그 목소리에 위로받았다는 사실이 감사하면서도 한편으로는 쓸쓸했다.

필름클럽 청취자들은 서로를 '클러버'라고 부르는데, 나도 그 일원으로서 은밀한 소속감을 지니고 있다. 만나서 얼굴 맞대고 수다 떨 수 있는 사이는 아니지만 '이 사람들과 나는 닮은 구석이 참 많구나?' 하고 혼자서 생각한다. '시간이 다 해결해 줄 거야. 참고 견뎌봐.' 하고 건네는 직선의 위로가 아니라, 그저 나와 결이 비슷한 사람들이 나누는 대화를 들으며 '아 지금 어딘가에서는 나와 닮은 사람들이 저마다의 삶을 도란도란 잘 꾸려나가고 있구나! 나도 다시 기운 내봐야겠다.' 하고 격려를 받는 식이다. 그런 데서 오는 은근한 위로는 의외로 힘이 세다. 마음으로라도 내가 받은 위로를 사연자께 전하고 싶어 한동안 걸었다. 방송을 들으며 집으로 돌아오는 길, 언젠가 지하철에서 보았던 풍경이 떠올랐다.

지하철 4호선 10번 칸 2번 문.
교복을 입은 한 학생이 휴대전화로 단어를 검색했다.

인내
「명사」괴로움이나 어려움을 참고 견딤.

하늘과 바람과 별과

예
민
함

미묘한 감정의 변화를 알아차리고, 한 발짝 물러나 자기감정을 바라보려 한다. 시시때때로 오르락내리락거리는 감정에 끌려다니지 않기 위해 거리를 두고 내 안을 살핀다. 마치 타인을 대하는 것처럼, 멀찍이 떨어져 선 채로.

*

명상을 처음 접한 건 제주도에서였다. 제주도 숙소를 알아보던 중 새벽 명상 프로그램을 운영하고 있는 곳을 알게 되었다. 제주도 하늘 아래에서 명상을 한다? 왠지 근사해 보였다. 곧바로 예약을 하고 제주도로 향하는 비행기에 몸을 실었다. 비건에 눈 뜬 지 3개월쯤 지난 시점이었다. 그러다 보니 내 삶에 명상이라는 단어가 자주 등장하던 때이기도 했다. 비건에 대해 알아가다 보면 정좌 자세로 앉아있는, 역시나 근사해 보이는 사진들을 많이 보게 됐다. 취향의 연결고리라고 해야 할까? 비건은 요가로, 명상으로 이어지는 관문처럼 느껴졌다. 결국 나도 언젠가는 그 길로 이어지겠구나 하던 찰나, 실제로 명상에 빠져들었다.

오전 6:40. 건물 지하로 내려갔다. 동남아시아 느낌을 물씬 풍기는 장식물들이 우리를 반겼다. 신발을 벗고 들어가 보니 널찍한 강당에 수염 덥수룩한 할아버지 한 분이 가부좌 자세로 앉아 있었다. "나는 누구인가? 그게 오늘 명상 주제예요." 그가 차분한 목소리로 말했다. 내가 정말 누구인지 알아낼 수 있는 건가? 그렇게나 오래 찾아 헤맸는데 드디어 오늘! 가슴 한편이 뭉툭하게 차올랐다.

"우리가 '나'라고 생각하는 건 사실 에고이고, 에고는 무한한 확장을 도모합니다."

"명상을 통해 에고를 알아차릴 필요가 있습니다. 에고는 아주 무서운 존재예요."

단정한 찻잔과 다기들이 그 앞에 놓여있었다. 그는 몇 마디를 내뱉고 나면 꼭 한 번씩 고개를 살짝 앞으로 기울이고 눈을 감았다. 한 3초 정도였을까. 그렇게라도 호흡과 마음을 가다듬으려는 건지 잊지 않고 그 행위를 반복했다. 찻잎을 뜨거운 물에 우려 여러 잔에 나눠 담았다. 나도 순서에 맞춰 일어나 내 몫의 잔을 자리로 가지고 왔다.

"찻잔을 코끝에 갖다 댑니다. 그리고 향을 맡습니다."

"숨을 정수리까지 끌어 올립니다. 다시 배꼽 세 치 밑 단전까지 숨을 뱉어냅니다."

눈을 감고 향을 들이쉬었다. 의식적으로 숨을 머리 꼭대기로 올리려고 해보았다. 웬일로 미간이 간질간질 해져 웃음이 나올 뻔했다. 간신히 웃음을 참고 들숨과 날숨을 반복했다. 정말 정수리까지 숨이 전달됐다! 정수 리 쪽 모공이 살짝 열려 그곳으로 숨이 드나드는 것처 럼 느껴지기도 했다. 우리 몸에는 작은 구멍들이 나 있 는 걸까? 단전, 단전은 어디지? 배꼽 밑을 헤맸다. '나 여기 있어요!'라고 외쳐주면 좋으련만 그런 일은 없었 다. 어림짐작으로 그쯤이 단전이겠거니, 하고 숨을 끌어 내렸다.

그는 이렇게 차와 명상으로 하루를 시작하면 누구나 행복해질 수 있다고 말했다. 그래, 이제 나한테도 행복 할 시간이 찾아온 거야! 신이 났다. 한동안 쏟아지던 그 의 말이 끝나고 각자 명상의 시간을 가지기로 했다. 조 용히 숨을 가다듬고 내 안을 살폈다.

멍 때리는 건 자신 있었지만 명상이란 걸 제대로 해 본 적은 없어 조금 낯설었다. 생각할 겨를도 없이 지난 과거들이 머릿속을 가득 메웠다. 잘못했던 일들만 떠올랐다. 왜 이러지? 병인가? 싶을 만큼 말실수, 후회되는 행동, 놓쳐버린 인연, 더 잘해주지 못했던 사람들이 연이어 나타났다. 과거야, 기억들아, 너희 나한테 너무한 거 아니니? 외치고 싶었다.

기쁘고 행복했던 날도 많을 텐데 왜 하필 우울과 회한에 젖어 들어야만 하는지……. 그것도 예민함의 한 표식이라고 봐야 할까? 아니면 나도 모르는 사이 나의 에고가 너무 두터워졌던 걸까? 나는 나의 과오, 치부들을 너무나도 잘 꿰차고 있다. 내가 지닌 결점이 무엇인지, 어떤 잘못을 저질렀는지 일일이 기억하고, 알고, 오래도록 쓰라려한다. 끝끝내 마지막까지 아파한다. 그가 몇 마디 거들었다.

"숨을 들이쉴 때 미소를 지어봅니다. 내쉴 때는 표정을 풀어요. 미소 명상이라고 하지요."

"입꼬리만 살짝 움직여 보세요. 명상 입문자들에게

권합니다."

가까스로 생각들을 물리치고 숨과 미소에만 집중해 보았다. 숨을 들이쉼과 동시에 입꼬리를 올린다. 입꼬리에서 시작된 미소는 곧 얼굴 전체에 퍼졌다. 눈꼬리가 조금 내려가고, 미간에 몰려있던 긴장이 사르르 풀렸다. 순간, 내가 조금 착해진 것처럼 느껴졌다. 인상 하나 부드럽게 했을 뿐인데 왠지 모르게 관대하고 유연한 사람이 된 것만 같았다. 아, 나 사실 착하고 순한 사람이었나? 뭉쳐있던 멍울과 응어리들이 조금씩 이완되어 갔다.

명상은 그렇게 산들바람처럼 내 몸과 마음에 휴식을 주고 갔다. 생각으로부터의 자유, 감정으로부터의 해방 그리고 쏟아져 들어오던 온갖 정보들로부터의 탈출이었다.

제주도에 다녀온 뒤, 시간이 날 때마다 명상을 한다. 때로는 5분 때로는 30분씩 눈을 감고 가만히 앉아있다. 별 하나에 명상, 별 하나에 예민함, 별 하나에…… 엄지

와 검지를 살포시 맞대고, 미간에 쏠린 긴장을 스르륵
풀어주며.

—

그래서, 명상을 통해 내가 누구인지 알아냈느냐고
요? 아니 그걸 제가 어떻게…….

제자리에 있는 컵과
행복의 상관관계

그 옛날 파스칼은 이렇게 말했다.

"인간의 모든 불행은 방 안에 혼자 있을 줄 모르는 데서 비롯된다."

오늘날 나는 이렇게 말한다.

"아, 그래. 알았으니까 그 컵 다 썼으면 제자리에 좀 놔줄래?"

＊

  작은 것 하나하나가 모여 일상을 쌓아 올린다고 믿는다. 일상을 구성하는 것들에는 소중한 물건도 있고 주변 사람도 있고 나와 타인의 몽글몽글한 감정, 한마디 말, 동작 하나도 다 포함된다. 이런 모든 것들이 전부 내 마음에 쏙 들었으면 한다. 과한 욕심이라고? 맞다. 나는 욕심꾸러기다.

  늘 놓아두던 자리에 아껴 신는 양말이 있으면 좋겠고, 매일 마주치던 야쿠르트 아주머니가 보이지 않으면 어딘지 모르게 불안하고, 즐겨 찾는 카페의 따뜻한 라테가 오래도록 한결같은 맛과 향을 내주기를 바란다. 아, 물론 지하철도 제시간에 와야 한다. 환승 시간을 놓칠 순 없으니까.

  솔직히 말하자면 나의 감각은 갓 태어난 새끼 고양이 같다. 작은 변화, 조그만 자극에도 민감하게 반응한다. 사소한 것 하나라도 내적 질서에 어긋나는 게 생기면 그날 하루의 평온은 쨍그랑 깨져버린다.

슬프지만, 어느 순간에는 이름 모를 타인 속으로 섞여 들어가야만 한다. 대문을 나서면 긴장을 하게 되고 내면의 평화를 지키고자 아등바등한다. 살다 보면 아는 거라곤 이름 하나뿐인 타인의 영역으로 과감히 뛰어들어야 할 때도 있으니까.

그럴 때는 배려라는 단어를 자주 떠올린다. 타인의 행동을 이해해보려 노력한다. 혹시라도 내가 상대의 채 아물지 않은 상처를 건드리지 않도록, 들추어내고 싶지 않은 부분에 대해 떠들어 대지 않도록, 노력한다. 강박적으로 또는 습관적으로 그렇게 살아오면서 나는 더 세심해지고 더 꼼꼼해져 왔다.

그 고단함을 무릅쓰면서도 나는 나의 *예민한 안테나*를 끄지 않고 있다. 오히려 그 주파수를 맞추는 데 열심이다. 유심히 살피고 또 살펴서 타인이 지켜내려 하는 영역을 발견해내야 하니까. 그 영역을 존중해 줘야 하니까. 내가 원하는 것을 그들에게 먼저 주고 싶으니까. 그리고 언젠가, 결국에는 나도 그 배려를 받고 싶으니까.

'하…… 정말 피곤한 성격이네.'

나의 예민함을 고백하면 열에 아홉은 이렇게 반응한다. 그런데 놀랍게도, 어쩌면 변명처럼 들리겠지만, 실상은 반대다. 나는 정말 쉽게 행복해지는 성격이다.

나는 있어야 하는 게 그 자리에 있으면 만족한다. 무언가를 더 가지거나 커다란 목표를 이뤄낼 필요는 없다. 그저 있는 것 하나만으로, 나의 방이 침범받지 않는 것만으로도 쉬이 행복해진다. 그러니까 초깃값이 행복인 셈이다.

자, 그럼 이제 그 컵을 어디에 놓아야 할지 아시겠어요?